中公文庫

# 君と歩いた青春

## 駐在日記

小路幸也

中央公論新社

目　次——君と歩いた青春

〈雉子宮〉の人々

蓑島周平《みのしましゅうへい》　三十二歳　神奈川県警松宮警察署雉子宮駐在所勤務。巡査部長。前任地の横浜では刑事だった。妻となった花に静かな暮らしをさせたくて駐在所勤務を希望した。

蓑島《みのしま》　花《はな》　三十四歳　周平の妻。横浜の大学病院の外科医だったが、ある事件で利き腕である右手に重傷を負い、勤務医を辞めた。駐在の妻として生きることを決める。

品川清澄《しながわせいちょう》　五十九歳　駐在所のすぐ近くにある、歴史ある〈雉子宮神社〉の神主。周平と花の良き理解者となる。

坂巻早稲《さかまきわせ》　二十四歳　清澄の一人娘で坂巻圭吾と結婚。よく気が利き頭の回転も早い。周平と花の良き友人となる。

坂巻圭吾《さかまきけいご》　二十八歳　〈雉子宮山小屋〉で働く若者。〈雉子宮山小屋〉の主人富田哲夫の甥。早稲と結婚して、今は二人で駐在所の二階に住んでいる。

佐久間康一《さくまこういち》　三十一歳　子供の頃に雉子宮に住んでいた。横浜で暴力団のいざこざに巻き込まれたが今は農家として村に住んでいる。機転が利き、周平の手助けもする。

昭憲《しょうけん》　五十七歳　雉子宮唯一の寺である〈長瀬寺〉の住職。一人暮らし。

富田哲夫《とみたてつお》　五十三歳　登山者やハイカーの憩いの場である〈雉子宮山小屋〉の主人。坂巻圭吾の叔父。

高田与次郎《たかたよじろう》　七十四歳　雉子宮で長年〈村長〉を務めているが現在は正式な役職ではない。

高田《たかた》　剛《つよし》　四十五歳　高田家の長男。過去に妻を亡くしており、跡継ぎがいない。

高田貴子《たかたたかこ》　三十五歳　高田家の次女。過去に高田家を勘当され、家を出ている。

# 君と歩いた青春　駐在日記

# プロローグ　一年と十ヶ月前

〈昭和五十年四月五日　土曜日。
神奈川県松宮《かながわけんまつみや》警察署雉子宮《きじみや》駐在所。
今日からここが私と周平《しゅうへい》さんの新しい住居と職場です。初めての日に、日々のことをこうしてきちんと日記に残していこうと二人で決めました。周平さんは業務として「日報」と呼ぶ日誌を毎晩書くそうです。それで、私も一緒に日記を書くことにしたのです。〉
右手の指は、細かい動きや作業が不自由なほどに動きません。それでもこうして鉛筆を子供のように握って、ゆっくりと字を書くぐらいはできます。本当にまるで園児の頃の字のようになってしまうのがとても歯痒《はがゆ》いですけれど、頑張って毎日書いていくうちに指が動くようになれば、字がきれいになっていけば、励みになるのではないかと思います。
怪我《けが》や欠損などで失われた身体機能を回復させるために、医療従事者が患者に推進する運動やその活動がリハビリテーションという言葉で普及してきたのは、ここ十年ぐらいのことです。私も、まだ外科の研修医として働いていた頃から理解はしていましたけれど、まさか自分の身体《からだ》でそれを実践することになろうとは思ってもいませんでした。

〈今日の夜、ザ・ピーナッツが引退公演をしたそうです。さっきラジオでアナウンサーが伝えていました。私もザ・ピーナッツは大好きでした。あの二人をもうテレビで観《み》られなくなるというのは、日本の歌謡界にとっても大きな損失ではないかと思います。〉

もっとも、山に囲まれた雉子宮は電波の状態が悪くて、テレビの映りがかなり悪いんだそうです。それはちょっと残念だなぁと思いますけど、しょうがないですね。ラジオも雑音混じりで聴《き》き難《にく》いそうなので、周平さんは少し余裕ができたら性能のいいラジオを買おうかと言ってました。
でも、その代わりに、雉子宮では楽しい音がたくさん響くことに、やってきてすぐに気づきました。駐在所のすぐ向かい側を流れる川音川《かわねがわ》からは、その名前の通りに美しいせせらぎが絶え間なく静かに響いてきます。すぐ裏手にある雨山《あめやま》の方からは、野鳥の鳴き声もたくさん聴こえてきます。風が山を渡り庭の木々を揺らし、さやさやと葉擦《はず》れの音がずっと流れてきます。

荷物の片づけをしているときに気づいて、どれだけの種類の野鳥の鳴き声が聴こえてくるんだろうと数えてみたんですけど、少なくともそのときには四種類の鳥の声が聴こえてきました。きっと、もっともっとたくさんいると思います。野鳥にまったく詳しくないのがちょっと悔しくて、後で鳥の図鑑で調べてみようと思いました。これから夏になり秋になると、虫の声もたくさん聴こえてくるんでしょう。田圃《たんぼ》があるから蛙《かえる》の声だって響いてくるはず。きっとものすごく賑《にぎ》やかになると思います。

今までずっと暮らしてきた横浜では、そんなにたくさん聴こえてきたことはありません。あったのかもしれないけれど、忙しい毎日に鳥の声や虫の声に心を寄せることなんかなかったのだなぁって感じています。

〈明日は日曜日で休日です。駐在所というぐらいだから、一年三百六十五日お休みなどないのかなぁと思っていましたけれど、警察官は公務員。ちゃんとお休みがあって、駐在所も一応は日曜はお休みなんだとか。〉

たとえカレンダーでは休日でも、駐在所はいつでもいかなるときでも開いているものだそうです。誰かがやってきて何かを頼んできたら、警察官としてきちんと対応しなければならない。仮にまったく業務外のことであったとしても、地域の交番や駐在所ではどんなことにも応対しなければならないそうです。

それは、全然平気です。私の仕事であった医者だって休みなどはあってないようなものでした。緊急の手術で夜中に起こされたことだって何度もありました。それに、駐在所勤務の夫の妻として、一緒に忙しく働いていた方が気が紛《まぎ》れていいと思います。

皆さん、笑顔で迎えてくれました。この駐在所に周平さんのような若いお巡《まわ》りさんがやってくるのは本当に久しぶりだと〈雉子宮神社〉の神主の品川清澄《しながわせいちょう》さんが仰《おっしゃ》っていました。

ごらんの通りの小さな村落で、悪い人なんかいないし、大きな事件なんかもまるでない。でも、村の行事はたくさんあって、それにはぜひ参加してもらいたいし、駐在所のすぐ裏の学校からは子供たちもたくさん押しかけるそうです。子供たちとも仲良くやってくださいよ、と、清澄さんが言っていました。

皆柄下郡《みながらしもぐん》雉子宮は、皆柄下郡田平町《たひらちょう》から山に入ったところの一地区です。

その昔は〈雉子宮村〉と呼ばれていて、今も住人の皆さんは自分たちのところを村と呼ぶことが多いそうです。今は田平町の管轄であり町役場もそこにありますが、かつては村役場もあって今は公民館となっています。正式な役職ではありませんが村長さんも毎年雉子宮の住民の中から選ばれて、お祭りなどの村の行事を取りまとめています。とはいえ、もう二十年も村長さんは高田与次郎《たかたよじろう》さんのままだそうです。

全戸数は百二十一戸。住民は昨年の記録では五百十六名。そのほとんどが農家や林業関係の仕事をやっていて、見渡せば茶畑やみかんの木、様々な畑や田圃が並んでいます。もちろん住民の中には田平町まで出勤する会社員の方も僅《わず》かですがいるそうです。

山に囲まれていますから西沢山《にしざわさん》系登山の入口にもなっていて、〈雉子宮山小屋〉という登山者向けの簡易宿泊施設がひとつだけあります。村の中を流れる川音川や中瀬川《なかせがわ》、木根川《きねがわ》という三本の川には、鮎《あゆ》や山女魚《やまめ》や虹鱒《にじます》などの魚もとてもたくさんいて、知る人ぞ知る釣り場になっていて、鍛えられた釣り人たちの集まる場所でもあるそうです。

〈本当に偶然で驚いたのですけど、神主の清澄さんの従兄弟《いとこ》さんが、横浜の、私が勤務していた病院の事務の方だったんです。名前は知らなかったのですけど、写真を見せてもらうとすぐにわかりました。世の中は狭いねぇとお互いに笑っていたのですが、その後に、清澄さんは静かに微笑《ほほえ》んで、事件のことは知っていますよと言っていました。大変でしたね、と。そして、ここでならきっとゆっくりできますよ、と優しく励ましてもくれました。〉

右手の指がほとんど動かないことを、医者でありながら直接的な医療行為ができないことをお伝えするのにどうしようかと思っていた部分もあったのですが、清澄さんは私が医者であったことは特に皆に教えないでもいいだろうし、怪我で右手が不自由であることだけはそれとなく皆に伝えておきますよ、と言ってくれました。

荷物を整理するのも大変でしょうと、娘さんである早稲《わせ》ちゃんを手伝いに寄越《よこ》してくれました。早稲ちゃんは普段は神社のお手伝いをしているそうです。とても明るくて元気で可愛《かわい》い女の子で、駐在所にも生まれた頃から出入りしているので勝手知ったる他人の家で、どんどん荷物を片づけたり、慣れない台所での作業の仕方も教えてくれてとても助かりました。

駐在所になっている建物が、実は江戸時代に建てられた問屋家というものの一部であって、古くて大きいのには本当に驚きました。

大きな瓦屋根の二階建てで横に長くて、時代劇で観るような建物です。玄関入ってすぐが、以前は畳敷きの問屋の荷受け所だったのでしょうけど、そこが駐在所で土間に事務机が二つ並んでいます。上がり口から入ると黒い板の間になっていて、四畳半ほどの広さがあります。その脇の部屋が庭に面した縁側のある和室で、学校の子供たちのための図書室になっているんです。

壁に設《しつら》えられた本棚にはたくさんの本が並んでいて、学校の図書室の分室の役目も果たしています。和室なのでごろごろしながら本を読めるのが素敵だと思います。医者になるときに小児科を選ぼうかと思っていたぐらいですから、子供は大好きです。今から村の子供たちと遊べるのが楽しみです。

そして、猫たちです。この駐在所には三匹の猫が寝泊まりしています。たぶん、十歳ぐらいの茶色のヨネと黒猫のクロ、まだ三歳ぐらいの縞模様《しまもよう》のチビ。農家ではネズミ取りのためにごく普通に猫がいるという話は聞いていましたけど、ここでもやっぱりそうで、この古い家に住み着こうとするネズミ退治のために昔から猫を飼っているそうなんです。たくさんの人が出入りする駐在所暮らしのせいか、三匹とも人懐《ひとなつ》こくて、やってきてすぐに私と周平さんに慣れてくれました。今も、チビが私の横で座布団の上に寝ています。猫は小さい頃に実家で飼っていて大好きなので本当に嬉《うれ》しいです。

駐在さん、と呼ばれるお巡りさんのお仕事は、今まで横浜で周平さんがやってきた刑事さんとはまるで違うと聞きました。同じお巡りさんなのにこんなにも違うものかと驚くぞと、先輩の方にいろいろ聞いてきたそうです。

〈私も、駐在の妻として、電話番や駐在所の管理などの仕事があるそうです。それも、今までやってきた医者の仕事とはまるで違うのでしょう。でも、結局は人のため、を考えることだよ、と周平さんが言ってました。私もそう思います。この雉子宮に住む人たちの暮らしを、安全を守ることを考えて、毎日を過ごしていく。そういう暮らしが、今日から始まったのです。〉

# 冬 木曜日の雪融けは、勘当者

〈昭和五十二年二月二十四日　木曜日。

　家族の形というのは、家族の分だけあるのだと思います。

　それは他人が勝手に干渉していいものではないでしょうが、そうした場合がいいときもあるとは思います。

　医師として働いているときも、多くの家族の方と関わってきました。医師が手術をした患者さんと手術後も向き合うのはもちろんですが、その家族の皆さんとも、他人が思っているよりも医師として深く関わるものなんです。

　でも、果たして、それがいいものかどうか、答えが出ない問いをいつも抱えていました。医師は患者を治すだけ。その患者の家族がどういう形であろうが、関係ありません。でも、医師が家族に関わることで、患者がより良い方向で回復に向かうのであれば、それも医師の仕事ではないのかと。

　今日の出来事も、家族の問題でした。市民の平穏な暮らしを守るのも警察官の仕事ですが、それはどこまで市民の暮らしに関わっていいものか。民事不介入という言葉があって、警察官は家族の問題にまでは介入しないというのがあるのですが、それで本当に平穏な暮らしを守っていることになるのか。

　周平さんも、警察官になってからずっと考え続けていることだそうです。〉

一月に入ってからこの辺りでは例年になく暖かい日々が続いて、山の雪融《ゆきど》けが随分と進んでしまったそうです。

私たちはここに来て二度目の冬なので、その辺のことはまだわからないのですが、こんなに早く農家の人たちが畑の春蒔《はるま》き支度を始めるのも珍しいんだそうです。

周平さんと私が雉子宮駐在所にやってきた最初の冬だった去年は、十年かそこらに一度というほどの大雪でした。それはもう、横浜育ちの私たち二人も見たことがなかったほどたくさん雪が積もって、雪だるまを作ったり雪かきしたりと私としてはけっこう嬉しかったりしたのですが、大変なことは間違いありませんでした。

そして二度目の冬の今年は、雪こそ平野部にはほとんど積もらない例年並みのものでしたけど、山は異例の雪融けの早さになってしまいそうです。

冬から春にかけていちばん困るのは、我が駐在所の番犬ミルの散歩ですね。この辺りはまだ土の道路がたくさんありますし、山の中などはもちろん土です。ミルは白い犬なので、雪や霜《しも》が融けた泥の汚れがいちだんと目立ちます。散歩から帰ってきて、ミルのお腹《なか》や脚を拭いてきれいにするのがけっこう一苦労なのですよね。

住み着いている猫たち、ヨネにクロにチビたちも普通に外を歩き回ったりしますが、猫は脚や身体が濡《ぬ》れるのを嫌がりますから、冬はほとんど外には出ません。出て行っても身体が汚れるようなことはしないんですよね。そういう意味では、犬は人間と一緒に行動する分、手間もかかりますね。

今日も朝からきれいに晴れて、昨夜降りたらしい霜が融けて軒下からぽたぽたと滴《しずく》が落ちています。

天気予報ではまた暖かい一日になりそうで、ひょっとしたら残っている雪も全部融けてしまうかもしれません。

圭吾《けいご》くんと早稲ちゃん夫婦が二階に一緒に暮らすようになってから半年近くが過ぎて、もうすっかり四人の暮らしがあたりまえになっています。

山小屋と神社の仕事をしている二人も朝が早いですから、七時にはもう朝ご飯の支度ができて、圭吾くんが作った木製のダイニングテーブルについて、いただきますをします。

今日の朝ご飯はタラのみりん漬けに、ほうれん草の胡麻和《ごまあ》え、お味噌汁《みそしる》には大根とお揚げ、それに目玉焼き。梅干しと焼き海苔《やのり》はいつでも食卓に上ります。

「何だか僕たちが来てから冬の天気は珍しいことばかりだな」

雪融けが早い話をすると、周平さんが頷《うなず》きながら言います。

「本当にね」

「案外、二人で晴れ男と晴れ女だったりして」

いただきますをした後に、圭吾くんがご飯を一口放り込んで言います。

「あ」

思わず周平さんと顔を見合わせてしまいました。

「あ、ってそうなの？」

早稲ちゃんが目玉焼きに醬油《しょうゆ》をかけながら私を見ました。そういえばそうでした。

「周平さんは、晴れ男なんですって。それも何かあるときには必ず雲ひとつない晴天になるって」

「何かあるって、ひょっとしたら刑事時代の事件のときにとか⁈」

早稲ちゃんが眼を輝かせます。実は早稲ちゃん、テレビドラマが好きなんですよね。刑事ドラマも大好きで、この辺は入るチャンネルが少ないのですが、観られるものは全部観ています。

「そうなんですって。ね？」

周平さんが苦笑いしました。

「張り込みのときとかね。真っ昼間のしかも外での張り込みで日本晴れはきついんだ」

「それはきついよね」

「それこそドラマじゃないけど、犯人を追い掛けて走ったこともあったけど、そのときも真夏の晴天だったよ」

「捕まえたの⁈」

周平さんが頷きます。

「捕まえたときにはもうシャツを絞ったら汗がしたたるぐらいだった」

周平さんは普段はそういう刑事時代の話をしたりはしません。でも、早稲ちゃんや圭吾くん、それに周平さんの仕事をたまに手伝ってくれる、佐久間《さくま》の康一《こういち》さんなどにはすることもあります。信頼しているんですよね。興味本位で言いふらしたりはしないって。

「花《はな》さんも晴れ女なの？」

「実は私は、雨女っぽいの」

「ぽいって？」

「自分にはあまり関係ないんだけど、横浜にいた頃には大きな手術の日には必ず雨が降っていたみたい」

へー、と圭吾くんが感心します。

「雨女だけど、手術中だから花さんには何の関係もないんだ」

「そうなの。それも、看護婦さんから聞いて自分でも気づいたの。『渡辺《わたなべ》先生の執刀のときはいつも雨ですね』って言われて」

「わたなべ、って旧姓？　花さんの」

「あ、知らなかった？」

そうですよね。自分の旧姓を人に言うことはあまりありません。

「渡辺花。わたなべのなべはいちばん簡単な辺の字ね」

「旧姓じゃなくなったのって、慣れた？」

早稲ちゃんがちょっと笑みを浮かべながら言います。まだ一年経《た》っていない新婚さんの二人。

「私はもう慣れたかな。名前を書くときにも素直に蓑島《みのしま》花、って出てくるから」

「名前を言ったり書いたりすることがほとんどないから、まだ自分で〈坂巻《さかまき》早稲〉ってしっくり来なくて」

「確かにね」

周平さんが頷きます。

「何かの契約書とか書類をたくさん書くような仕事でもなければ、自分の名前を書くことは日常生活でほとんどないからなぁ」

「そう！」

早稲ちゃんが箸を持ったまま大きく頷きます。

「神社の仕事で自分の名前を名乗る機会なんかないのよ」

結婚しても神社で巫女《みこ》さんの仕事をしている早稲ちゃん。

「誰かに〈坂巻早稲です〉って言いたいんでしょ」

えへへ、って笑います。その気持ちはとてもよくわかります。

「あれだよ。圭吾くんがログハウスの仕事を始めて、それを早稲ちゃんが手伝うようになれば事務的な仕事が出てくるからさ。それで名前を書くことも増えるんじゃないのか」

「そうかもしれないけど、まだ何年も先になるかもしれないし、その頃にはもう慣れちゃってどうでもよくなってるかも」

笑いました。今は叔父さんである富田《とみた》さんとやっている山小屋の仕事が忙しい圭吾くん。でも山にある木を利用してログハウスや木製家具などの製作販売をやりたいと、今は準備中。そうなったら、妻である早稲ちゃんも手伝う予定です。

神社の神主を継ぐ準備も早稲ちゃんはしてきましたが、現神主である清澄さんはまだまだお元気ですし、神主は世襲制でもありませんから。自分たちの人生をどうやって生きていくかは、ゆっくりと考えていくそうです。

「周平さんは、まだまだここにいてくれるんですよね？」

圭吾くんが訊《き》くと、周平さんは梅干しを口に入れてすっぱい、という表情をしながら頷きました。

「そのつもりだよ。もちろん異動の辞令が出てしまったらどうしようもないけれども、基本的には上の方の人に当分ここで働けるようにお願いしてあるから」

そのときです。

その音に、私の身体中が自然に反応してしまいました。思わず、箸を置いて立ち上がってしまって、その後に皆が顔を外に向けました。

「救急車か？」

周平さんが言って、大きく頷きました。

「救急車よ」

自分でもびっくりしました。もう医師ではないのに、こんなにも反応する必要もないのに。

「救急車？」

「珍しいな」

早稲ちゃんと圭吾くんが口々に言います。

そういえば、初めてです。ここに来てから救急車のサイレンの音を聴いたのは。ミルも何の音かと立ち上がって外を眺めています。チビが跳びはねるように窓のところまで行って外を見ています。

「どこの家だろう」

周平さんが言います。村にほとんど車通りはありませんから、交通事故はちょっと考えられません。すると、どこかの家で誰かが怪我したか倒れたかということでしょう。

周平さんがコートを取り、ジープの鍵を持って長靴を履こうとしたときに、電話が鳴りました。いちばん近くにいた私が受話器を取ります。

「はい、雉子宮駐在所です」

（あぁ、花さんか）

「清澄さん」

早稲ちゃんと顔を見合わせました。

（聞こえたかい。救急車の音）

「聞こえます。今どこに向かっているのかを確かめようと」

皆がその場で動きを止めて、私を見ています。

（今、電話があった。村長が倒れたとな）

「村長さんですか？」

村長さん、高田与次郎さんが自宅の玄関先で倒れて意識がなく、家族が救急車を呼んだそうです。それならば搬送先は、田平町の町立病院でしょう。そこしかありません。

（誰かが駐在所に電話してくるかもしれんからな。そう言っておいてくれ。病院に着いたらまた連絡くれる言うとったから）

「わかりました。そうします」

受話器を置きます。

「村長さんが玄関先で倒れたんですって。清澄さんのところに電話があったって。また後から電話が来るだろうから、誰かに訊かれたらそう言っておいてって」

そうか、と、周平さんが頷いて、コートや鍵を戻します。それがわかったのなら、周平さんが確認しに出て行く必要はありません。もう現役ではない私が病院に駆けつけても何もできませんし、駐在所の警察官も、後からどうなったかを確認すればいいだけです。

まだ途中だった朝食をすませようと、四人でまたテーブルに戻りました。

「心配ね」

早稲ちゃんです。

「村長、何歳ぐらいだっけ」

「確か、七十四とか」

「それぐらいだったね」

皆で言い合い、頷きます。

「倒れたっていうなら、考えられるのは何？　花さん」

圭吾くんが訊くので、少し考えます。

「普通に考えるのなら、心臓か、脳疾患《のうしっかん》。心筋梗塞《しんきんこうそく》とか脳卒中ね。もちろん、たとえば転んで頭を打った、なんてことも考えられるけれど」

今の段階では想像するだけです。高田さんの家には、与次郎さんとその長男である剛《つよし》さん。そして与次郎さんの従兄妹である加根子《かねこ》さんが住んでいるはず。清澄さんに電話してきたのはそのどちらかでしょう。

「村長さんの息子の剛さんって、私はほとんど会ったことないけど、ご結婚はしていないの？」

訊くと、早稲ちゃんと圭吾くんが、うん、と頷きました。

「一度結婚してるけど、奥さんは亡くなったんだよな」

「何年前だったかな。十二、三年ぐらい前かな。私もまだ小学校に通っていた頃だった」

「お子さんもいないんだよね」

いない、と、二人して頷きます。

「前は里美《さとみ》さんや貴子《たかこ》さんもいたけどね。村長の娘たち」

娘さんがいたんですか。

「台帳では見たけれども、娘さん二人は他所《よそ》で結婚しているのかな？」

周平さんが訊くと、早稲ちゃんが微妙な表情を浮かべます。圭吾くんも、軽く頷きながら何か言い難《にく》そうな顔をしました。

「お姉さんの里美さんはね、北海道の函館《はこだて》だったかな？　そっちの方にお嫁にいっているはず」

圭吾くんが言って、早稲ちゃんが頷きます。

「あそこの兄妹は年が離れているんだよね。剛さんはもう四十何歳だけど、次女の貴子さんはまだ三十そこそこだったと思うんだけど」

「けど？　何かあったの？」

うん、と、唇を歪《ゆが》めました。

「勘当されたんだって、貴子さん。だから、ここを出て行ってから一回も帰ってきていないの。どこでどうしているのか、村長さんも剛さんもわからないはず。里美さんは、そもそも北海道だから滅多《めった》に帰ってこないのはあたりまえなんだけど」

勘当ですか。なかなかに古くさいものですけれど、地方の田舎《いなか》ではまだそういうのもあるのでしょうか。

「何があったの、って訊くのは失礼かな」

いや、と、圭吾くんが軽く首を横に振りました。

「僕らもわからないですよ。早稲ちゃんも知らないだろ？」

「わからない。お父さんも随分前に、何があったもんだか、って言っていたから、知らないと思うけど、たぶん跡取り云々《うんぬん》のことだろうなぁって」

「跡取り」

そう、と頷きます。

「今はただの町民だけど、そもそも高田家は雉子宮村だった頃からの庄屋《しょうや》さんだったから。地主さんよね。昔ほどではないけれどまだいちばん広い土地持ちだし、あそこの裏山なんかも全部そうなの。高田家の持ち物」

「相続関係のごたごたってこと？」

「でも、普通は長男である剛さんが相続するんじゃないかな？　娘二人はどのみち家を出て行くんだから」

「それがね」

早稲ちゃんが顔を顰《しか》めました。

「確かめたわけじゃないけれど、剛さんは結婚したけれど子供もできないうちに奥さんが亡くなっちゃってそれっきりでね。結局剛さんには、もう跡継ぎができないだろうってことで」

跡継ぎができない。周平さんがちょっと唇を歪めました。

「子種がないってことかな。それで、長女とか次女が産むであろう男の子を跡継ぎにもらうもらわない、なんていう口論があったり喧嘩《けんか》があったり、とか、かな」

「たぶん、そういうことかなぁ、ってお父さんは言っていた」

「他の村の連中もそんな感じで話していたね。何せ村長さんだから、あそこがもしもゴタゴタしちゃったらいろいろ影響はあるみたいだからね。皆それぞれに気にはしていたみたいだよ」

そういう話ですか。今の時代に家の跡継ぎ云々の話はもう少なくなっているとは思いますけれど、土地が絡んでくるといろいろと厄介な話にはきっとなりますよね。

そうか、と、周平さんが心配げな表情をします。

「与次郎さん、無事だといいんだけどな」

それを願うしかありません。

「こんな田舎の村を嫌がったり、家族のゴタゴタがあって出て行ってもさ、いろいろあるよね。これでもし村長さんが亡くなっちゃったら、貴子さんだって一度は帰ってこなきゃならないだろうし、帰ってきたら来たで、いろいろ言われるだろうしね」

「そうよねぇ」

早稲ちゃんも頷きます。

「私は神社の娘で、まぁ恵まれたっていうか、一生ここで暮らしたっていいって思ってるから、出て行くとか村が嫌いとか考えたこともないけど、あ！　そういえば！」

「なに」

「村が嫌いって言えば、圭吾は知ってた？　あの女優の篠崎詠美《しのざきえいみ》」

篠崎詠美さんですか。あんまりテレビドラマを観ない私でも知ってます。

「知ってるけど？」

「すごい美人の女優さんよね。今はもう中堅というか、人気女優さん」

「僕でも知ってるよ。ちょっとオードリー・ヘップバーンみたいな雰囲気あるよね」

「あぁあるある！　可愛いよね。その篠崎さんがどうしたの？」

早稲ちゃん、眼を真ん丸くさせて言います。

「彼女がここの出だっていう話を聞いたんだけれども！」

「え？」

「雉子宮の？」

そうなの！　と、箸を握ったまま力を込めました。

「え、そんなの聞いたことないよ」

「私だって初めて聞いたもの。杉沢《すぎさわ》の松子《まつこ》さんが言っていたんだけどね。彼女は生まれたのはここで、でもまだ小学校に上がる前に一家で町を出て行ったんだって。野真崎《のまざき》さんっていう家だったたって」

「彼女って、三十半ばぐらいだよね？」

「そうかな？」

「雉子宮で三十半ばってことは、高橋《たかはし》の玲子《れいこ》さんとか、乙川《おとかわ》の久司《ひさし》さんぐらいか」

どの名前も聞いたことはありますけれど、私はよく知らない人ばかりです。いくら雉子宮が田舎といえども百二十戸の家があって、五百人以上の人がいるんです。とても全部は覚え切れません。

「でも」

周平さんです。

「その頃に野真崎さんっていう家があったかどうかは古い台帳を見ればわかるだろうし、何よりも野真崎さんを覚えてる人はたくさんいるんじゃないのかな。いくら女優さんが芸名だったとしてもほとんど誰も知らないっていうのは」

「それがね」

早稲ちゃん、お味噌汁を飲み干します。

「杉沢の松子さんが言うには、彼女が有名になった頃、野真崎さんのことをよく知ってる人のところを回って口止めしたんだって。お金を払って。ここの出身だってことを絶対に他所に漏らさないでほしいって」

「ええ？」

口止めですか。

「そんなことを？」

周平さんが嫌そうに顔を顰めました。

「本当かどうかは知らないけれど、少なくとも杉沢の松子さんはそう聞いたことがあるって」

女優さんやタレントさんはイメージが大事ですから、確かにこんな田舎町出身では、篠崎詠美さんのイメージには合わないかもしれませんが、それにしたってそんなことをしてまで出身地を隠してもしょうがないと思うんですけれど。

皆がご飯を食べ終わって片づけものを始めたときに、電話がまた鳴りました。周平さんがすぐに出ます。

「はい、雉子宮駐在所です」

はい、と、周平さんが繰り返しました。頷きながら私たちを見ますので、たぶん清澄さんからでしょう。

与次郎さんについての電話が入ったに違いありません。

「そうですか」

そう言った周平さんの顔が歪みました。

「わかりました。とりあえず僕が出張ることはありませんので。はい、はい、ありがとうございました」

受話器を置きます。

「まだ運び込まれて治療中だけれどね。たぶん、脳卒中か何かだろうって話だ。急にろれつが回らなくなって崩れるように倒れたって話だから。どう？」

「そうね、その様子ならおそらくは」

脳卒中でしょう。

「ってことは？　花さん」

早稲ちゃんが訊きます。

「運良く命が助かったとしても、何かしらの身体的な障害は残るかもしれないわね」

思わず自分の右手を見てしまいました。もちろん私の場合は単なる怪我によるものですけど。

「リハビリテーションというもので、治ればいいんだけれどね」


二月になっても暖かい日は続いて、あちこちの冬枯れの景色に緑色が早くも交ざるようになっていました。

「この様子だと本当に春は早いかもね」

パトロールで、雪融けで水かさが増えている川をあちこち回ってきた周平さんが、戻ってから言いました。

「山でも緑が増えてきたよ」

「じゃあ、山菜が採れるようになるのも早いかもね」

この辺りの山はほとんどが国有地だったり県のものだったりしますけれど、雉子宮の住民が山菜を採りに入ることは基本的には許されています。毎年あちこちで山菜採りに出掛けた人たちの中に、事故にあったり行方不明になったりする人が出ていますけれど、ここら辺りではもう何十年もそんな事故はないそうです。

それもこれも、登山口を管理してきた〈雉子宮山小屋〉の富田さんと圭吾くんの普段の啓蒙《けいもう》活動のたまものだと思います。

いくら家のすぐ裏が山で、気軽に山菜を採りに入れるとはいえ、どこの山に入るときにも住民の皆さんは〈雉子宮山小屋〉に一言連絡を入れます。帰ってきても、電話を入れます。

それで、もしも連絡がないときにはすぐに富田さんや圭吾くんが確認をしに走ったり、消防団の皆さんに連絡をして捜索に入ったりするのです。

ですから、登山者がいなくても〈雉子宮山小屋〉の仕事は山ほどあるのです。それに加えて森林の管理もありますからね。若い人で山小屋で働ける人をいつも募集しているのですが、なかなかなり手はいません。

「川の様子は大丈夫だった？」

「あぁ、とりあえずは大丈夫だよ」

あれは去年の十月でしたか。周平さんが誤射をしたということにしたちょっとした騒ぎがありましたけど、あれ以来、事件らしい事件は何ひとつ起こっていません。

普段なら酔っぱらって喧嘩があったり、どこかでトラックや農機具が溝にはまったりしてちょっと怪我をしたりということもあるのですが、そういうのもありません。

この数ヶ月、周平さんはパトロールしかしていなくて、日報に記載する事項も本当に何もなく、いつも〈記する事案なし〉の一言です。

「今日のお昼は天ぷら蕎麦《そば》でいい？　昨日の天ぷらの残りで」

「いいね」

ほとんど事件らしい事件の起こらない雉子宮での駐在所勤務とはいえ、何が起こってもすぐに出動できるようにしておくのが警察官です。ですから、勤務中であるお昼ご飯はたいていい、すぐに食べられる麺類になることが多いのですけど、私も周平さんも麺類は大好きです。

この時間のバスが走ってくるのが見えました。お昼の時間帯は、一時間に一本しかバスは走っていません。降りてくるのはまず村の住民ですし、駐在所近くのバス停で降りる人も決まっています。

今日は誰もバスに乗って出掛けていないので、このバスで帰ってくる人もいないはずと思っていたのですが、停留所に停《と》まったバスから誰かが降りてくるのが見えました。

ちょうど同時に、早稲ちゃんが巫女さんの姿のまま、駐在所に帰ってきました。

「ただいま」

「おかえり」

「お昼ご飯、こっちで食べていい？」

「うん、天ぷら蕎麦にしようと思ったけど」

だと思った、って早稲ちゃんが微笑みます。

「誰か、来たね」

周平さんが外を見ながら言いました。さっきバスを降りた人でしょうか。男性と、女性と、そしてまだ小さい子供が一人。

親子でしょうか。

「誰だろう」

「見たことないかも」

早稲ちゃんが言って、その後にあれ？　と小さく言います。三人の親子連れが、バス停からまっすぐに駐在所までやってきて、引き戸を開けました。寝ていたミルが起き上がり、少し警戒する様子を見せます。知らない人の匂いを嗅いだからでしょう。

「こんにちは」

女性が先に入ってきました。隣にはたぶんまだ就学前の女の子。おかっぱ頭が可愛いです。その後ろには、お父さんでしょうか。

「何かご用ですか？」

制服姿の周平さんが訊きます。

「巫女さんってことは、神社の早稲ちゃんかしら？」

貴子さん。どこか緊張していた女の人の頬《ほお》が緩みました。

「高田の貴子さんですか？」

早稲ちゃんです。

「ひょっとして」

「あの、私」

「そうです！」

大きな笑みがこぼれました。

「綺麗《きれい》なお嬢さんになっちゃって！」

高田の貴子さんということは、高田与次郎さんの、次女の方でしょうか。

「周平さん、花さん、村長さんの娘さんです。次女の貴子さん」

早稲ちゃんが言うと、貴子さんが、頭を下げました。

「初めまして。今は白幡《しらはた》貴子ですが、高田与次郎の娘です」

「ご丁寧にどうも。もう一昨年になりますが、ここに赴任してきた駐在の蓑島です。そして、妻の花です」

「初めまして」

貴子さん、子供の頭にそっと手をやりました。

「娘の、薫《かおる》です。そして、夫です」

「どうも、白幡です」

白幡さん。革ジャンがなかなか渋く精悍《せいかん》な顔つきの方です。身長も高いので、どこかの都会で会ったのなら俳優さんかモデルさんと言われても信じたかもしれません。

「まぁ、どうぞ。お座りください。お茶でも出しますので」

「薫ちゃん、カルピスあるけど飲むかな？」

優しく言うと、こくん、と、頷いて、ようやく笑顔を見せてくれました。お巡りさんの姿を見たら緊張しちゃいますよね。

「すみません、お仕事中に」

「いえ、住民の方と話すのも駐在の仕事のひとつです。ご遠慮なく。白幡さんもどうぞ」

旦那様の白幡さん。申し訳ない、と、頭を下げて、ソファに座ります。どんなお仕事をしているのでしょうか。ちょっと雰囲気からはわかりません。

ただ、周平さんが、いつになくどこか緊張というか、事件の現場にいるみたいというか、神経を研ぎ澄ましているような気がします。

まさかとは思いますが、白幡さんから何か犯罪の匂いのようなものを感じたのでしょうか。

周平さんは鼻が利くのです。

かつての刑事時代の同僚の方たちからは本当に刑事として優秀だったんだと言われました。

親子三人で並んで座った向かい側に、周平さんが座ります。

「すると、貴子さんは、お父様のお見舞いに帰ってきた、ということでしょうか？」

こくん、と、貴子さんは頷きます。

父親である与次郎さんは、先月脳卒中で倒れました。幸い、一命は取り留めましたが、自由が利かない身体になり、うまく話すこともできません。ずっと入院していたのですが、つい先日家に帰りたいという本人の希望を汲《く》んで、高田家に戻ってきました。

正直なところ、いつどうなってもおかしくないと担当医からは聞いています。

「来るつもりはなかったのですが、姉から手紙を貰《もら》って、死ぬ前に一度でいいから会っておきなさいと」

なるほど、と、周平さん頷きます。お茶とカルピスを持ってきた私も聞いていました。

薫ちゃんは、ミルや猫たちが気になるようです。

「薫ちゃん、座敷に行くといいよ。猫ちゃんもいるよ」

早稲ちゃんが言うと、薫ちゃんが嬉しそうに頷き、お母さんの方を見ました。

「いいよ。ちょっとだけお邪魔しなさい」

跳びはねるように、薫ちゃんが座敷に上がっていきました。うちの猫たちは誰が来ても逃げませんし、チビは子供も大好きですからきっと遊んでくれます。

「あの、うちの事情は、お聞き及びでしょうか？」

貴子さんに言われて、周平さんが頷きます。

「勘当された、とだけは、聞いています。何があったのかは知りません」

そうです、と、貴子さん頷きます。

「勘当されていました。もちろん、今もです。それでも父親に、死ぬ前に孫の顔だけでも見せようと思ってきました。でも」

少し苦しそうな顔をします。

「実家に帰る前にここに寄ったのは、お巡りさんに私が帰ってきたことを知っておいてもらって、少しでいいので気にかけておいてもらえないかと思って」

「気にかける？」

旦那様、白幡さんが、そこで口を開きました。

「妻は、父親と兄が暴力的であることを気に病んでいるんです。子供も連れてきたので、それで」

暴力的。

あの村長さんが。

早稲ちゃんと顔を見合わせましたが、早稲ちゃんも驚いた顔をしています。

そんなことは何も知らないのでしょう。いくら何事にも村の中心になる神社の娘とはいっても、貴子さんがいた頃には早稲ちゃんはまだ小学生の子供だったのですから。

「それは、こちらに、家族と一緒に住んでいた頃のお話ということですか」

周平さんが訊くと、貴子さん頷きました。

「そうです。正確には私や姉が物心つく頃から、ですけれど」

「暴力的というのは、躾《しつけ》のつもりで手を出したりですか？」

訊いてしまいました。一人の女として、元医師としても聞き過ごすことはできません。

貴子さん、顔を顰めて頷きます。

「躾と言うなら、本人たちはそうだったのでしょう。私や姉は、叩《たた》かれたり蹴られたり、時には水を張った洗面器に顔を押さえつけられるというようなこともありました」

「そんなことを」

早稲ちゃんも驚きます。周平さんも唇を歪めています。

「何か悪いことをして叱るときにそういうふうに暴力的なことをされていたと」

「そうなのでしょうね。私たちにしてみればただただ痛かったり怖かったりしただけなのですが」

溜息《ためいき》とともに、貴子さんは言います。

「それが、勘当されたことにも繋《つな》がっているということですか？」

私が言うと、少し首を捻《ひね》りました。

「直接というわけではありませんが、同じですね」

もう一度溜息をつきます。

「身内の恥を晒《さら》すようですけど、村の人たちはよくは知らないと思います。父も兄も、外《そと》面《づら》はいい人ですから」

私が知っている村長さん、与次郎さんは身体も声も大きく豪放磊落《ごうほうらいらく》といった感じの人です。もうここは村ではなく、村長さんというのも単に昔ながらのものを通り名として皆が使っているだけですが、リーダーシップにも溢《あふ》れた人です。

「でも、これは昔のことです。家を出てしまえばいくら家族でも手は届かないのですから、どうか騒ぎ立てたりはしないでください」

貴子さんが言い、それで、と、白幡さんが続けました。

「妻が、実家に行く前に駐在所や神社に寄って挨拶をしてきたということを言えば、ただ様子を見て帰るという家族をないがしろにするようなことはしても、無体なことはしないと安心できると言うので、お邪魔したのです。お忙しいところ申し訳ないです」

白幡さんがそう言って、頭を下げます。貴子さんも一緒にです。周平さんと顔を見合わせてしまいました。

確かに、神主である清澄さんや私たちが、貴子さんが帰ってきたことを知っているんだぞと言えば、何か揉《も》め事《ごと》があったとしても暴力的なことはできないでしょう。そもそも与次郎さんはもう動けないのですから、お兄さんだけの話でしょうけれど。けれども、そこまで考えなければならないほどだったとは。

「もしも本当にそのようなことが心配であるのなら、僕も一緒にお伺いしましょうか？　玄関先まででも」

周平さんが言うと、とんでもない、と貴子さんは手を振ります。

「夫もいます。兄も、父親の最期に会いに来た妹に対して手を上げたりはしないと思います。私の心持ちの整理のためにお時間を取らせてしまって申し訳ないのに、そこまでご迷惑を掛けられません。ありがとうございます」

そう言ってから、早稲ちゃんを見ました。

「早稲ちゃん、お父さんは神社にいるのよね？」

「います」

「ご挨拶だけしてくるわね」

「あ、じゃあ私も一緒に行きます」

どうもすみませんでした、と、また二人で頭を下げます。ミルや猫たちと遊んでいた薫ちゃんも戻ってきます。

「お父さんに会って、すぐに今日帰られるんですか？」

周平さんが訊くと、貴子さんがちょっと首を捻りました。

「そのつもりですが、ひょっとしたら泊まることになるかもしれません。一応その準備はしてきましたので」

「わかりました。もしも何かありましたら、すぐにお電話ください。いつでもいますので」

「ありがとうございます」

早稲ちゃんも一緒に、四人で駐在所を出て神社に向かっていきました。高田家は駐在所を挟んだ向こう側なので、家に行くときにはまた駐在所の前を通るでしょう。

後ろ姿を見送って、二人で小さく溜息をついてしまいました。

「まさか、そんなふうにして実家に帰らなきゃならないなんて」

言うと、周平さんが小さく頷きます。

「ちょっと可哀相《かわいそう》だね。でも、剛さんに関しては何となくわかるかな」

「そうなの？　私は全然お話ししたことないからわからないんだけど」

周平さんが事務机の椅子に座りながらまた頷きました。

「何かを見たわけじゃないけれどね。ああやって身内の人から暴力的な部分があったと聞かされたら、あぁなるほどと思う」

「そういう雰囲気を感じ取っていたのね？　周平さんは」

「わかってしまうものだよ。僕ら警察官、特に凶悪犯罪を扱ってきた連中は、そういう匂いに敏感になる」

　確かにそうなのかもしれません。

「どうなんでしょう。周平さん、村長さんの家に顔を出してきたらいいんじゃないの？　貴子さん帰ってきたんですね、って周平さんが剛さんに直接言うだけで、なんだろう、剛さんがまた暴力を振るったりすることの抑止力みたいなものになるんじゃないかしら」

　周平さんは煙草《たばこ》を一本取り出して、火を点《つ》けながら頷きました。

「確かにそうだろうけれど、貴子さんも言っていたけどあの旦那さんがいるんだからそこまでしなくてもいいような気もするけど」

「そう？」

　周平さんにしては、少しばかり冷たい言い方だと思いましたけど、確かに白幡さん、ハンサムではありましたけれど、強そうな雰囲気もありました。

「何も訊かなかったけど、どんなお仕事の方かしらね」

　白幡さん、格好こそどこか自由業のような感じもありましたけれど、態度も様子もとてもきちんとしていました。だけど、雰囲気だけでは何もわかりませんでした。

　でも、およそ普通の会社員のようには思えませんでしたけど。周平さんも首を傾《かし》げます。

「ちょっと僕もわからないかな」

「刑事の眼で見ても？」

周平さんの人を見抜く眼はとても鋭いはずなのに。ちょっと首を傾げてみせます。

「でもまぁ、そうだな」

そう言って壁の柱時計を見ました。

「まだお昼には時間があるし、神社で少し話もするだろうから、村長さんの様子を見てくるついでに言ってこようか。剛さんに、貴子さんたちが派出所にも寄ったって」

「うん、そうしてあげて」

「行ってくる」

ジープのキーを持って周平さんが出て行きます。無駄になったとしても何事もなければ、それがいちばんなんですから。


小一時間もした頃に、神社から白幡さんと貴子さん、薫ちゃんと早稲ちゃんが歩いてくるのが見えました。貴子さんたちは私に気づくと軽く頭を下げてそのまま村長さんの家の方に歩いていき、早稲ちゃんは玄関先で立ち止まって手を振りました。

ちょうど周平さんのジープも帰ってきて、道路脇に停まって白幡さんと貴子さんに声を掛け、戻ってきました。

「おかえりなさい」

「ただいま」

「村長さんの家に行ってきたの？」

一緒に入ってきた早稲ちゃんに村長さんが訊きます。

「そう。様子を見がてらね。村長さんは相変わらずだったよ。正直、いつどうなるかわからないまま」

早稲ちゃん、頷きながらちょっと眉間に皺を寄せました。何でしょう。

「お昼、ちょうどできたから、食べましょう」

お昼はいつも駐在所のテーブルで食べます。ちょっと慌ただしい感じもしますけれど、周平さんも私も以前の職場ではこんな感じでお昼ご飯を済ませることが多かったですから、何ともありません。むしろ、横浜時代はゆっくりお昼ご飯を食べられたときにはすごく贅沢をしたかのような気持ちになったものです。

「うん、美味しい。やっぱりこのお出汁は美味しいね」

「本当にね。習って良かった」

キノコの煮出し汁を入れた醤油味のお出汁なんです。こっら辺りではよくやるそうなんですけど、教えてもらったら本当に美味しかったのです。

「あのね」

蕎麦を啜った後に、早稲ちゃんが言います。何だかちょっと顔を顰めています。

「あ、出汁がまだ薄かった？」

「違う違う。美味しい。さっきの貴子さんの子供の薫ちゃんなんだけどね」

「薫ちゃん」

「可愛い子だよね」

うんうん、って皆で頷きました。

「違うの」

「違うって？」

「あの子、薫ちゃん、女の子じゃなくて男の子よ」

「男の子？」

周平さんと同時に繰り返してしまいました。

そう、と、早稲ちゃん強く頷きました。

「え、でも娘の薫って言ってたよ？」

「スカートだって」

明らかに女の子の格好をしていました。

薫という名前自体は、確かに男性でもいないこともありません。私の昔の同僚にもそういえばいましたけれど。

「え、早稲ちゃんどうしてそう思ったの？　男の子だって」

「だって、神社に来たときに、おしっこしたいって言うからトイレまで案内したのね。うちのトイレ」

わかるでしょ？　と早稲ちゃんが言います。わかります。あの長い廊下の先にあるトイレですね。

「迷うといけないから連れて行って、『あそこよ』って指差して、そして帰りも迷ったら困るから廊下の途中で待っていたのよ。そうしたら」

「そうか、男性用のトイレを使ったのね？」

あそこのおトイレは広くて、男性用の小便器は二つ並んでいて、そして廊下からガラス戸の向こうに見えるのです。

「そうなの」

早稲ちゃん、強く頷きます。

「見るつもりはなかったけれど、女性用のトイレに入ったはずなのに、何かがひょこっ、て動いたから視線を向けたらそこにあの子の頭が見えて、朝顔でおしっこしていたのよ」

「それは」

周平さんも顔を顰めました。間違いないようですね。

「まさか、女の子が男性用の小便器で用は足さないよね」

「しません」

そもそも足せません。したことはもちろんありませんけれど、身体の構造上、無理です。

「え、早稲ちゃん、薫ちゃんに訊いたの？　男の子でしょ？　とか」

ううん、と早稲ちゃん首を横に振ります。

「そんなこと訊けないわよ。見た眼はおかっぱだしスカートも穿《は》いているしまるっきり女の子なんだし。でも、そう思ってみれば、とっても可愛い男の子にも見えてくるし」

「そうね」

確か五歳と言っていました。幼稚園か保育園に通っている年齢でしょう。あれぐらいの年頃の子供なら、まるで女の子としか思えない可愛らしい顔をした男の子だってたくさんいるでしょう。

「何か複雑な事情でもあったら困るしな、と思って、そのときは私も何も訊けなかったんだけどね」

「他にも何か？」

「ちょうど川音川向こうからお参りに来ていた人がいたの。花さんも周平さんも知らない人だわきっと」

川音川向こうは今は地名としては雉子宮ではなく鉤崎《かぎさき》となっています。その昔はここら辺りよりも小さな集落だったそうですが、二十年以上前に新しい道路が通って雉子宮よりも住宅の数も少し多いのです。

「小学生の女の子が三人いてね。親たちが神主と少し話し込んでいる間、女の子たちが薫ちゃんと境内《けいだい》で遊んでいたの。もう三人とも薫ちゃんのことを、可愛い可愛いって皆で」

微笑ましい様子だったと思います。小学生ぐらいの女の子は、自分より小さい子供の面倒をよく見ますよね。

「ちょっと離れていたから、たぶん、貴子さんも白幡さんも子供たちの会話を聞いていなかったと思うんだけど、私には聞こえてきたのよ」

「何を話していたの？」

「薫ちゃんが、『お父さんじゃない』って言ったの」

お父さんじゃない。

「それは」

そうなの、と早稲ちゃん頷きます。

「前後はよく聞こえなかったけど、間違いなく、白幡さんのことを言ってたと思う。軽く指も差していたし」

「あれじゃないかな？『お父さんじゃなくてパパだよ』なんて言っていたとか」

周平さんです。

「あれぐらいの子供ってそうだろう。普段〈父ちゃん〉とか呼んでいたら『パパはどこ？』って訊かれたら『パパじゃない』とか言うんじゃないかな。捜査していてもそんなことはあったよ」

「うん、あるかもね」

私も病院にいた頃に、小さな子供にそんなふうに言われたことあります。〈ママ〉じゃなくて〈お母さん〉だよ、とか。

「そう思ったけどね。違うわ。だって間違いなく『お父さんじゃない』って言った後に、『あ、違ったお父さん』って慌てたように言い直していたから。女の子たちはきっと小さい子だから間違っちゃったんだねー、って思ったらしくて笑っていたけれど」

早稲ちゃんは、神主の跡取りを目指すほどです。あわてん坊でも、おっちょこちょいでもありません。むしろ、冷静で機智《きち》にも富んだ女の子です。早稲ちゃんが違和感を覚えたのなら、そうなのだとは思いますけど。

「お父さんじゃない、の件はもう確認しようもないけれど、薫ちゃんが男の子であることは間違いないのよね？」

「間違いないわ」

早稲ちゃん、強く頷きます。

「食事中にあれですけど、音も聞こえてきたから」

小さい方を立ってしたときの音ですね。

「それは、間違いないわけか」

周平さんが顎に手を当てます。こうやって顔を触るのは、周平さんが何かを真剣に考えているときです。

「男の子なのに、女の子の格好をさせている。まさか子供にカツラまでは使わないだろうから、あの髪形もずっとそうなんだろう」

「昔の話だけど、跡取りの男の子を女の子として育てる、という風習はあったわよね。小さい頃は女の子の方が男の子より丈夫だから、大きくなるまでちゃんと生きて育つようにとか」

「あったみたいだね」

何か本かなんかで読んだような気がします。

「でも、今そんなことはしないわよね。ましてや薫ちゃん、本当に女の子みたいな感じだった。子供にそういう演技をさせるのなんて相当難しいわよね」

言うと、周平さんも頷きます。

「演技に対して天性の才能があるか、あるいは子供にまでそうさせる余程の理由があるか、か」

少し心配げな表情を早稲ちゃんはします。

「まさかね、何だろう、詐欺《さぎ》とか脅迫とか誘拐とか、とんでもない事件が起こってるわけじゃないですよね」

「それは、ないんじゃないかな」

周平さんが首を少し捻りました。

「貴子さんと薫ちゃんの間に漂っていた雰囲気は明らかに親子のものだよ。それは間違いない。誘拐なんかじゃないよ。薫ちゃんの件は、わからないけれど、家族の間のことだからね」

事件が起こってるわけではありませんし、親が自分の子供に女の子の格好をさせても、それは育て方や家族の問題ですから、警察がおいそれと介入していいものでもないでしょう。

早稲ちゃんがちらりと外を見ました。

「もう、三人とも村長さんの家に着いた頃よね」

「そうね」

何事もなければいいのですけれど。

＊

周平さんは晩ご飯を食べた後は私服に着替え、装備を外した制服の上だけをジャンパーのように羽織ります。そうして寝るまでその格好でいます。それであれば何かあってもすぐに制服に着替えられますし、一日の仕事が終わった、とくつろげますから。

ここに来た頃には、周平さんも初めての駐在所勤務なので勝手がわからず、寝るまで制服を着ていましたけれど、今はそうしています。

勤務中と私生活の区別がほぼない駐在所勤務は、自分でそうやって区切りを付けていかなければならないのですよね。

早稲ちゃんと圭吾くんも、自分たちの部屋は二階にありますけれど、テレビが一階にありますからいつも下にいます。駐在所と言ってもそれらしきものは事務机と鍵の掛かるロッカーぐらいです。あとはソファもあるし座敷には座卓も座布団もあります。ミルもいるし、猫たちもだいたいはここでくつろいでいますから、ほとんど茶の間になっています。

「あれ、雨の音がする」

「え？　本当？」

見ると、確かに窓に雨の粒がありました。

「表を閉めなきゃ」

駐在所の玄関のところには戸が二枚あります。表の引き戸と中の引き戸ですね。その間にはちょうど学校の玄関みたいに靴箱が置いてあって、その他にもスコップや箒《ほうき》やいろんなものを壁に吊《つ》るしてあります。

いつもは表の引き戸は開けっ放しですが、寝る前や雨が降ってきたときには閉めるんです。

急いで閉めようと玄関に出たときに、小走りでやって来る人影が見えました。誰だろうと待っていると。

「あら」

白幡さんです。

「こんばんは」

「どうも」

他には誰もいません。貴子さんも薫ちゃんも家にいるのでしょうか。

「どうしました？」

「ご主人、蓑島さんいますよね？」

「もちろんです」

どうぞどうぞ、と招き入れます。途中で雨に降られたので走ってきたのですね。少し息が弾んでいます。

ソファに座って圭吾くんと将棋をやろうとしていた周平さんが、おや、という顔をして立ち上がります。

「白幡さん、どうしました？」

「ちょっといいか？　蓑島刑事」

え？

思わず白幡さんを見てしまいました。

今、周平さんを、刑事、と呼びましたか？

周平さんが、ちょっと驚いた顔をした後に、眉を顰《ひそ》めました。

「じゃあ、小野寺《おのでら》さん、と呼んでいいのかな」

小野寺さん？

「皆には部屋に行ってもらおうか？」

「いや、蓑島さんの奥さんと、一緒に住んでいるお二人だろう。信頼できるんだろうから、かまわん。むしろいてほしい」

「そうか」

二人が何を言ってるのかさっぱりわかりません。早稲ちゃんも圭吾くんも眼をぱちくりとさせています。

周平さんが、小さく息を吐きました。

「たぶん、他言無用の話になると思うんだけど、こちらは白幡さんではなく、小野寺さんだ。職業は、探偵」

「探偵⁈」

早稲ちゃんが思わず大声で言ってしまい、口を自分の手で塞ぎました。

「小野寺研一《けんいち》です。白幡などと偽名を名乗ってすみませんね」

白幡さんではなく、小野寺研一さん。

「周平さんのお知り合いってことなの？」

訊いたら、周平さんが、小さく頷きます。

「彼は東京で探偵をやっているんだけど、生まれは横浜なんだ。幼馴染《おさななじ》みとか同じ学校とかじゃあないけれど、お互いに学生の頃にも会っている、まぁ顔馴染みって言えばいいかな」

「そうなの？」

そんなに以前からのお知り合い。

白幡さん、いえ、探偵の小野寺さんが私に向き合います。

「改めて、奥さん。以前からご主人にいろいろお世話になっていた探偵の小野寺です。遅まきながらご結婚おめでとうございます」

「あ、ありがとうございます」

「世話なんか何もしていないよ」

「いやいや、こういうのは、きちんとしておかないと。えーと、神主さんの娘さんで早稲さんと、旦那さんの圭吾さん」

そうです、と二人揃《そろ》って頷きます。

「俺が蓑島刑事、じゃないか、今は蓑島巡査か。知り合いだったというのは当分の間は誰にも内緒にしておいてくださいね」

「わかりました」

いろいろお世話になっていた、というのは、きっと公には言えないことも多々あるんでしょう。そんな気がします。

「まぁ座ろう。皆で突っ立っていても落ち着かない」

すみませんね、と言いながら小野寺さんがソファに座りました。向かい側に周平さん、早稲ちゃんがお茶を淹《い》れるねと言ってくれたので、私が周平さんの隣に座りました。

「俺たちもここにいていいんですね？」

圭吾さんが念を押して、椅子に座ります。

「良かったらいてほしい。君たちのように信頼できる村の人間にも話を聞いてもらえると助かる」

どんな話になるのでしょうか。早稲ちゃんがお茶のお盆を持って戻ってきました。

「それじゃあ、小野寺さん。ここに夫がいるというのは知っていたんですか？」

「いや、奥さん。実は知らなかったんですよ」

周平さんも頷きました。

「教えていなかったな」

「刑事じゃなくて制服警官になってどこかの田舎の駐在所に赴任していった、というのは知っていたんですが、まさかね。昼間に会ったときには心の中で『ここかよ！』って叫んでいましたよ」

「え、じゃあ」

早稲ちゃんです。

「小野寺さんが現れて、白幡って名乗ったから、周平さんは何かを察して話を合わせたってことですか」

二人が顔を見合わせて、周平さんが頷きます。

「眼が合った瞬間にわかったからね。演技をしているというのが。それに、彼は探偵の中でもちょっと変なことをしている」

「変なこと？」

「言ってみれば、そこにいない人の代理人だ。今回のように誰かに成り代わって、その人の役を演じるというようなね。昔は役者もやっていたんだ」

「役者さん」

道理で、ハンサムなわけです。それでですか、どうも小野寺さんに対する周平さんの様子がどことなくはっきりしなかったんですね。

偽名を使っているのではなくて、誰かに成り代わって演技をしているんだとすぐにわかったからなんですね。それで、私にもはっきり言わなかった。

「まぁすぐにわかってくれてこっちは助かったわけで。それで、蓑島巡査」

「うん」

「こうやって話をしに来たのは、種明かしもあるんだが、頼みもあって来たんだ」

「頼み」

　小野寺さんが真剣な顔つきになりました。

「もちろん、あの貴子さんの依頼で俺は白幡を名乗って夫としてここに来たんだが、白幡というのは、単なる偽名じゃない。本当に、貴子さんの旦那さんだった人の名前だ。白幡俊夫《としお》という」

　白幡俊夫さん。

「だから、今でも貴子さんは白幡貴子だ」

「今でも、ということは、その俊夫さんとは離婚したわけじゃなくて、亡くなった、死別したということか」

　そうだ、と小野寺さん頷きます。

「相変わらずあんたは話が早くていい。奥さん、俺は職業柄たくさんの刑事に会っているけど、こいつほど凄い奴はいませんよ本当に」

「おだてるのはいいよ。それで？」

「貴子さんが白幡俊夫と結婚したのは六年前だ。結婚してすぐに薫ちゃんが生まれている。そして、白幡俊夫さんは三年前に事故で亡くなってしまった。念のために言うとその事故に関しては俺も調べたが事件性はまったくない。ただの事故だ」

小野寺さんが頷くと、周平さんも同時に頷きました。その辺は二人の仕事上、大事なところなんでしょうね。

「それから貴子さんは一人で働いて薫ちゃんを育てている。本当に、一人でだ」

「一人というのは、旦那さんのお身内もいないのか」

「ほぼいない。白幡俊夫さんは孤児だった。両親の身元ははっきりしているが二人とも既に故人だ。親戚関係にも縁が薄くてな。幸いにも俊夫さんの職場である、これは鉄工所なんだが、家族経営でしかも情に篤《あつ》い社長さんでな。きちんと面倒を見てくれて今までやってきた」

「すると、職場結婚だったのでしょうか」

そういうことです、と、小野寺さんが答えます。

「貴子さんもそこの事務員だったんですよ。俺は、たまたまそこの社長と仕事をしたことがある。もちろん、これは合法的な仕事だ。その付き合いで以前から白幡俊夫さんのことも貴子さんのことも知っていた。まぁ、知ってたと言ってもその頃から仕事上の知人といった程度だが」

なるほど、そういうお付き合いだったのですね。

「それで、だ」

一度、お茶を飲みます。

「貴子さんのところに、父親が倒れたという連絡が姉から入った。だが、貴子さんは勘当された身。そもそも自分からも縁を切ったのだから二度と故郷に戻る気はなかった。だが、いよいよ危ない。もう話すこともできないという状態になっている。一度だけ、顔だけでも見てくればいいのではないかと姉から言われた。後になって後悔するよりいいのではないか、とな。この辺の兄弟姉妹の関係性は知ってるか？」

「わからないな。貴子さんが勘当されている。お姉さんの里美さんは北海道に嫁いでいる、ということだけだ」

うん、と、小野寺さん頷きます。

「要は跡継ぎの問題だ。高田家の長男剛さんにはもう子供はできない。すると、姉妹のどちらかの子供に継いでほしい。しかし里美さんの方は女の子しかいないしもう四十代で、実家とはほぼ縁を切っている状態だ。北海道だからな。向こうの家はその辺の事情には大らかで、二度と実家に帰る気はない、というのを納得しているそうだ。お姉さんも自分一人でやってきて顔だけ見て戻ったそうだが」

「そうだったんですね」

早稲ちゃんです。まったく知りませんでしたから、雉子宮の人に誰にも言わずに来て帰っていったのでしょう。

「そこで、貴子さんだ。貴子さんは早くから家を出たくて学生の頃には家出までしたそうだな。そういうのもあって勘当されたらしい。だが、勘当はしたものの、いちばん若い。風の噂《うわさ》で結婚して子供もできていると実家の方では聞いていた。それを、貴子さんは姉から聞いて知っていた。兄貴も知っているぞ、と」

「お姉さんが、言ったんじゃないですか？　それ」

圭吾くんが言います。

「たぶん、そういうことだろうな。姉妹仲もそんなにいいわけじゃあないみたいだ。貴子さんも帰る気はなかったが、確かに顔も見ないまま実の父親が亡くなってしまって、後悔するのも嫌だと。しかし」

「自分には、跡継ぎにもできる男の子ができていた、か」

「そうだ」

「しかも夫は事故死してしまった。実家に帰ってこいと言われるに決まっている。ひょっとしたら無理やり子供を奪われるかもしれない。夫やその子のことを隠したとしても後々何か言われて問題になったり、お世話になっている会社の社長さんに迷惑が掛かっても困る、だな？」

周平さんが言って、小野寺さんが頷きました。

「貴子さんが出した結論は、夫も子供も連れていく、そして、はっきりとこの家を継ぐことはない、もう二度と会うこともない、ということ。そのために、子供の薫ちゃんを女の子みたいに仕立て、そして俺を雇った」

立派な旦那さんと女の子を連れて帰る。その上で、もう二度と、この先、実家に何があろうとも自分は関係ないと告げるために。実家に納得させるために。

「そういうことだったのか」

なるほどね、と、周平さんも早稲ちゃんも圭吾くんも、私も頷きました。

「薫ちゃんは、演技をしていたのかしら？　嫌がらなかったんですか？　女の子の格好することを」

早稲ちゃんが訊きます。

「名前はたまたまなんだが、あの可愛らしい顔立ちだ。髪の毛を伸ばして女の子の服を着せたりしていたらしい。本人も、あるいは親のそういう気持ちを感じ取ったりしていたのかもしれんが、まだ男も女もない年齢だからね。気にしていないよ。気にしていたのは俺との関係だね」

苦笑いし、そして小さく頷きます。

「本当のお父さんが死んでしまったのは、まだはっきりとは理解していない。いつの間にかお父さんがいない暮らしになってしまって、淋《さび》しがっていた。そこに、俺が現れてしばらく一緒に過ごしていた」

「過ごしたのか」

「二週間ほどな。家族らしい雰囲気を作り上げるために。もうすっかり懐《なつ》いてくれたよ」

確かに、三人の間には変な雰囲気はありませんでした。どう見ても、家族でした。小野寺さんは、ふぅ、と息をつきました。

「これが、種明かしだ。すまなかったな。話を合わせてもらって」

「それは、別に何でもない。仕事の邪魔をしたくなかったし、貴子さんがお兄さんに自分の現状を隠して結果的に騙《だま》したとしても、それは犯罪じゃない。実家と関わりたくないから隠しただけのことだ。家族の問題だ」

そうなるのでしょう。

これが金銭絡みで、貴子さんが剛さんを騙してお金を取ったとかであればいくら兄妹の間でも犯罪になってしまうでしょうけど。

「それで、剛さんは納得したんですか？　もう話はしたんですよね？」

早稲ちゃんが訊きました。小野寺さんは、頷きます。

「高田の与次郎さん、お父さんはもうほとんど何も反応しない。医者の話ではいつ逝ってもおかしくないようだな。剛さんも、俺はいざというときには強硬手段も考えていたんだが、静かに話をしていたよ。兄妹でね」

「そうか。納得したのか？　剛さんは」

小野寺さんは、一度眼を伏せました。

「種明かしと、お願いをしに来たと言ったな」

そういえばそうでした。

「お願いってのは、蓑島巡査。一緒に高田家に行ってくれないか？」

「一緒に？」

小野寺さんと周平さんがですか。

「剛さんと俺も話をした。一応、立場上は義理の兄弟になるわけだ。事情も全部自分の妻から聞いている。高田家とは縁を切る。二度と会うこともないでしょうがそれでいいですね、と。かなり強く話をしたよ。俺としてもそれが仕事だったからだ。完璧な強い夫を演じて剛さんを圧倒的にへこませて、貴子さんと薫を無事に東京まで連れて帰る。そのつもりだったんだがな」

「何かがあったのか？」

溜息をつきました。

「剛さんは、悔《く》いている」

「兄妹の絆《きずな》を自らの過ちで壊したことを。だが、それを伝えられないでいる」

「悔いている？」

「そうなのか？」

間違いない、と、小野寺さんが言います。

「けれども、俺からそれを貴子さんには言えない。一応、貴子さんに金で雇われている身だからな」

「僕が、君の正体を暴けばいいってことか。見過ごすわけにはいかない、と。そしてもう一度皆できちんと向き合って話してもらって、家族の絆を直す方向に君は持っていきたいのか」

ゆっくりと、小野寺さんは頷きます。

「そういうことだ。あんたには会えば頼み事や面倒掛けてばっかりで申し訳ないが、ここで会ったのも縁だろう。頼む」

小野寺さんと周平さんと一緒に、私も高田家へ向かいました。

もう薫ちゃんは寝ていましたけれど、もちろん剛さんも貴子さんも起きていました。私と周平さんが来たことに少し驚いていました。

周平さんは、小野寺さんと昔から知り合いであったことを貴子さんにも剛さんにも告げて、その上で、小野寺さんが貴子さんに雇われた探偵であること。最初は話を合わせたけれども、やはり騙すような形で何かを終わらせることを、ここに住む駐在、警察官として見過ごすわけにはいかないと、周平さんは諭すように言いました。

ただ、薫ちゃんのことだけは言いませんでした。

「剛さん」

静かに、周平さんは言います。

「小野寺は、あなたがこれまでの自分の妹に対する行いを悔いている、と言っていました」

剛さんが下を向き、貴子さんが驚いたように顔を上げ、剛さんを見ます。

「僕はこの小野寺の探偵としての資質を認めています。人の心を見抜く眼を持っています。その眼は、このままいがみ合ったまま、騙し騙されたまま、気持ちを言えぬまま、この兄妹を別れさせてはいけないと思ったそうです」

剛さんは、唇を結びます。貴子さんの眼が少し細くなりました。

「小野寺さん、それは、本当ですか？」

貴子さんが小野寺さんに訊き、小野寺さんはゆっくり頷きました。それを見て、剛さんは息を吐きました。

「貴子」

静かに、呼びかけました。

「はい」

「親父《おやじ》もそうだが、俺もたぶん、そう長くない」

剛さんが言います。

「長くないって」

「親父に余計な心配させたくなかったんでな。ずっと、隠していたんだが、ここのところ血を吐いてる」

吐血。

「すぐに病院に行ってください。重篤な症状の場合が多いです」

思わず言いました。

肺なのか胃なのか、もちろんその量とか質にもよりますが、いずれにしても血が混じるというのはいけない兆候です。

剛さんが、唇を曲げました。

「何せ親父が弱っていたんでね。俺が入院するわけにはいかんかったし。まぁこれで親父も長いことないから、逝っちまった後で行こうと思っとるがね。花さん、あんたは心配せんでええよ。自分の身体のこたぁわかっちょる」

確かに、剛さんの血色はそう悪くはありません。

内臓に重篤な症状がある場合はよく表にも現れますが、手の皮膚の張り、顔の色艶、眼の様子など、特段にどこかが悪いような様子は見られません。

軽い胃炎や喉の炎症などでたまたま血が混じって出てしまったということも確かにありますが。

「いずれにしても、病院へ行ってください」

うんうん、と、剛さんは頷きます。

「貴子」

「はい」

「改めて、頼む。俺が死んだら、お前がここを継いでくれ」

貴子さんの眼がきつくなりました。

「それは」

「別に農家をやれとは言わねぇ。そこは継がなくてもええさ。帰ってこないで畑は誰かに貸してもいいしそのまま放って休耕地で置いてもいい。お前の好きにしてくれ。だけどもな、ここを売るな」

売らないでくれ、と、剛さん繰り返します。

「お前が俺のことや親父を恨んでいるんなら、いや、恨んでるんだろ。だから、このまま二度と会わんでもいい。俺が死んでも葬式なんかも挙げんでいい。冷たくて嫌でしょうがない兄貴だったと思ってくれとってもええ。だけどな、ここを継ぐことだけは、お前がやってくれ。ここは、ご先祖様以来の高田家のものだ。高田の魂だ。それは雉子宮の、ここを守ってきた土地の魂でもあるんだ」

剛さんの眼が潤んでいます。

貴子さんは、じっと剛さんを見つめています。

「土下座して頼めというのならそうする。殴らせろというなら殴れ。でも、ここを継いで、何があってもどこにも誰にも売らんでくれ。高田の土地を守ってくれ。お前の子供にも伝えてくれ。それだけは、頼む。頼まれてくれんか」

剛さんが、畳に手をつき、頭を下げました。

貴子さんは、そっと眼を閉じ、静かに静かに息を吐きました。

「わかりました」

兄さん、と、呼びかけます。剛さんが顔を上げました。

「私も、高田の人間です。どのみち、兄さんが亡くなれば法的にも私のものになります。姉さんとも話し合わなきゃなりませんけど、ここを継ぎます。そして、決して売りません。守っていきます。約束します」

「そうか！」

「ただ」

貴子さん、少しだけ、頬を緩ませて剛さんを見ました。

「私は、できるだけ帰ってきたくありません。だから、兄さんが長生きしてください」

微笑んで、小さく頷きました。

「病院に行って、検査して、悪いところがあったら治して長生きして、ここを守ってください」

＊

次の日の朝、帰る前に小野寺さんと貴子さん、薫ちゃんは、迷惑を掛けましたと駐在所に寄ってくれました。また来ることになるけれども、そのときにはよろしくお願いしますと貴子さんは言ってました。

バスに乗るのを見送り、手を振りました。薫ちゃんは笑顔で手を思いっきり振り返してくれました。可愛くて可愛くて、今度また会えるのが楽しみです。

〈たぶんですけれども、また小野寺さんがここにやってくる、と周平さんは言っていました。

仕事としてはこれで終わったのですから、もう来ることはないと本人も帰り際に言っていましたので、遊びにでもくるのかと訊くと、そうではないと、周平さんはにやりと笑っていました。

きっと、小野寺さんは貴子さんに惚《ほ》れているんだ、と。ちょっと驚きました。そんなふうには全然見えなかったのですが、深くなくても付き合いの長い周平さんと小野寺さんです。何かそういうのがわかったのかもしれません。

惚れてしまったからこそ、剛さんを騙したままにするのを嫌がったのさ、とも言っていました。案外そうなのかもしれません。

縁とは不思議なものと言いますけれど、兄弟姉妹だって縁なんでしょう。その縁が嫌なもののまま終わってしまうのは、それこそ嫌なものだろうと思います。できることなら、良きものにしてあげたい。そう思うのは、人情というもので、それは決して駐在所の警察官の仕事に邪魔にならないと思います。〉

# 春　土曜日の来訪者は、スキャンダル

〈昭和五十二年五月二十三日　月曜日。

医者の本分は病を治すこと、もしくは命を救うことです。私は外科医をやっていましたから、大きな怪我を治すために、そして命を救うためにメスを握っていました。ですから、自分の仕事は常に一人の人間を相手にしていました。

でも、周平さんたち警察の人たちは事件というものを仕事にしていました。事件は、大抵は多くの人の間に起こります。どんなに少なくても加害者と被害者がいる限りは二人以上の人間が関わります。そして、もっともっとたくさんの人たちが関わって大きな事件になってしまったものもたくさんあったはずです。

警察官の妻になった以上は、そういう大きな事件に関わってしまうこともあるのではないかと思っていました。

その反面、田舎《いなか》の駐在所暮らしなのだから、そんな大きな事件が村で起こるはずもないと思っていました。

実際、今日というか、この五月に村で大きな事件が起こったわけではありません。表向きには何も起こっていません。

ただ、人の出入りがあって、そしてひとつの人間同士の争いや憎しみや愛情や、そういうものが、複雑に絡み合い、雉子宮で終わりを告げました。

表には決して出ないのでしょう。誰かが出させないのでしょう。周平さんも事件として報告はしませんし、できません。その忸怩《じくじ》たる思いは推し量ってあまりあります。私も、こうして日記にも詳しいことは書かないでおきます。書けません。

　でも、書いておきます。今日五月二十三日に、雉子宮で、たぶん、ひとつの、愛が終わったことを。〉

昨日の夜遅くに雨が降って、今朝は雲ひとつない晴れになっていました。雨はたくさん降るとちょっと嫌になってしまうものですけど、こうして空気中の塵《ちり》なんかをすっきり洗い流してくれる気がして、本当に今朝はいちだんと空気がきれいに感じられます。

二年前の春に初めてここにやってきたのですから、三度目の春。

五月になって季節は深まり、気温もどんどん上がってきて、やがてやってくる初夏の匂いも感じさせます。

「うん」

いつものようにものすごく姿勢良くまっすぐ上を向いて寝ている周平さんを横目で見ながら朝起きて、そっと部屋を出て着替えてから、駐在所の玄関の引き戸も台所の窓も開け放ちます。

古い古い江戸時代から続く建物を使っている駐在所ですけど、圭吾くんが一緒に暮らすようになってからどんどん便利になっていっています。

お風呂を桶《おけ》から全部作り直して、大人二人が一緒に入れる大きさの檜《ひのき》のお風呂にしたのもそうですけれど、窓や玄関などに、網戸も取り付けてくれたのです。これはとても助かりました。

これで、普段は開けっ放しにしている駐在所の表の扉から虫が入ってくることもなくなったし、台所に入ってくる蠅《はえ》や小さな羽虫なんかもほとんどいなくなりました。

去年の夏などは暑くて寝苦しくて窓を開け放っていた夜には蚊帳《かや》を吊って寝ていたのですが、今年の夏はたぶん必要ありません。

もっとも、古い家ですからあちこちに隙間などがあってそこから虫が入ってくるのはどうしようもなく、今度は床板の張り替えなんかもやってみるかな、と圭吾くんが言っていました。

でも、せっかく長い時間を掛けて黒光りする風情のある板の間ですから、そこがまったくの新品になってしまうのはどうなのかなぁ、とも思っていて、悩ましいところです。

「おはよう！」

「おはよう」

私が起きるとほとんど同時に早稲ちゃんも起きてきます。二人で、朝ご飯の支度です。

圭吾くんも寝起きはすごく良くて早稲ちゃんが起きるとすぐに起きてきますし、この四人の中でいちばん遅く起きるのは周平さんです。

でも、寝ているときに電話があったり物音がしたりすると跳び起きるのは周平さんなんですよね。これは警察官の習性みたいです。

近頃の朝ご飯はいつもトーストです。スクランブルエッグやベーコン、ハムを焼いたり、マカロニサラダを作ったり。どっちかと言えば和食党だった周平さんも、すっかりそういう洋食の朝ご飯もいいもんだな、と言ってます。

「ミキサーがあればスープとか作るのもきっと楽よね」

「そうね。でもなくても大丈夫だけどね」

うちの母が、あったら便利なものはなくても平気、と節約の心得を言っていました。便利な器具は確かに便利だけれど、それまでなくてもやってきたものはできるだけそのままでやっていけば節約になるのだとか。

新婚さんである圭吾くんと早稲ちゃんは、いつか自分たちの新居で使うためのいろんなものを少しずつ買い揃えているのですが、台所用品などはそれを私も使わせてもらっているので、何だか申し訳ないし、いつか二人がここを出ていったときに不便さを感じてしまったら困るなぁとも思っています。

開け放った窓から野鳥の声が聞こえてきます。いつものことなのですが、朝は特によく聞こえるように思います。

「いただきます」

ご飯ができたところで、四人でテーブルについていただきますをします。ラジオを点けて、朝のニュースや番組を聞きながらご飯を食べます。ニュースは、特に周平さんは駐在所勤務であっても事件などを把握しておきたいので、いつも聞いていています。

「ここんとこ、このニュースばかりだよねー」

圭吾くんがトーストを齧《かじ》りながら言います。

「大事件だもんね」

早稲ちゃんも言いながら頷きました。

とても大きな収賄《しゅうわい》疑惑、そして汚職事件のようです。世界的な大企業と日本の政治家が癒着して、飛行機やら自動車やら様々なものを国家的に導入するにあたって、とんでもない大金が裏取引をするためにその間で行き交っていたとか。

発覚してけっこう経ちますが、いまだ全容が解明できずに政界も経済界も大騒ぎになっています。総理大臣の辞任にまで発展するのではないのかと、ニュースでも言っていました。

「汚職事件とかは、周平さんは管轄じゃなかったんでしょう？」

早稲ちゃんが訊くと、周平さんは小さく微笑んで頷きました。

「そうだね。基本的に捜査一課は殺人とか強盗とか、そういう物騒で危ないものの担当だったから」

「でも、この政治の汚職事件とかでもさ、誰かが口封じに殺されたかもしれない、とかなったら、周平さんたちも動いていた?」

そうだね、って頷きます。

「もうこんなに大きな事件だったら警察はどこもかしこも動くことになるかな。その事件に関連して他殺と思われる死体が出たんだったら、それはもう捜査一課の仕事になるね。捜査本部が置かれてひとつの大きなチームになって、それぞれが担当毎《ごと》に動くよ」

「病院と同じよね。大きな手術はチームになってやるんでしょ?」

早稲ちゃんが私に言います。それも、その通りですね。

「同じかもね。医者はそれぞれに専門分野があるから、本当に複雑に絡み合った手術だったら、たくさんの医者が集まってチームでやるから」

普通の手術であっても、麻酔医がいて外科医がいます。もちろん手術を担当する看護婦さんも。

「どの仕事もそうだよね、専門の人たちが集まってこそいいものが出来上がっていくんだから」

「神社だって神主さんと巫女さんがいなきゃね」

「そうそう」

「犬も猫がいなきゃ?」

ちょうどミルがチビとじゃれあっていたところでした。ミルとチビは年が近いから仲がいいのか、よくじゃれあっています。

「とりあえず、こんな大事件がここの駐在所まで影響を与えることはないけれどね」

周平さんが言って笑います。駐在所での仕事は、ここに住む人たちの安全を守ること。大きな事件など何も起こりません。

「でもこの間の、山狩りはびっくりしたけどね」

早稲ちゃんが言って、皆であぁ、と頷きました。隣の唐上《とうじょう》市で銀行強盗事件が起こって、その犯人が逃走して山の方に逃げていったのですよね。目撃証言があったので、周平さんと圭吾くんはもちろん、雉子宮の消防団、つまり比較的元気な男の人たちが集まって山の捜索をしたのです。

結局さらに山向こうの町で発見されて逮捕されました。これでもし犯人がここの山で見つかって、誰かが怪我でもしたら大変だと思っていたのですが、何事もなくて皆でホッとしていたのです。

「真面目にきちんと働いてこそ、幸せな人生を送れるのに、どうしてそういうことをしちゃうのかしらね」

早稲ちゃんが顔を顰めて言います。その通りですよね。

「そうなんだよね」

周平さんたち、警察の人たちが毎日毎日暇で暇でどうしようもなくて、給料泥棒と呼ばれるような世の中がいちばんいいんですけれど。

「ごちそうさまでした」

朝ご飯が終わると、それぞれに支度をして仕事へ向かいます。

周平さんはジープに乗ってパトロールへ。圭吾くんはミルを連れて散歩を兼ねて〈雉子宮山小屋〉に向かい、早稲ちゃんは神社へ行きます。ミルは一匹で山を駆け回って遊んで、駐在所へ帰ってくることをきちんと覚えました。

私は、一人で駐在所の留守番をしながら、家の掃除です。毎日のことですけれど、ここの家は広いので、一週間のお掃除は今日はここを掃除する、と順番を決めてやっていきます。駐在所から遠い部屋や表の掃除をしているときに電話が入っても拙《まず》いので、その辺りは周平さんがいるときにやることにしています。

毎日毎日きちんとやるべきことをやる。そうすることで、毎日の生活は心豊かになっていくものだと思います。

もっとも、そんなふうに思うのもここで過ごすようになってからです。横浜での外科医としての日々では、もちろん一生懸命仕事をして生きていましたが、自分の心のありように気を配ることなど考えもしませんでした。

＊

夕方になって急に気温が上がったような感じです。

この辺では晴れた日にはよくあることなのですが、陽《ひ》が少し沈んできて山に陽射しが強く当たるようになると、跳ね返りの陽光が村全体に射していって気温が上がるように感じるのだそうです。周平さん曰《いわ》く、横浜でいうとビルの窓に陽が当たって暑いのと同じだね、と。なるほど、と私も納得したものです。

昼間に小学校に行って、防犯上のことを確認したり施設などをパトロールしてきた周平さんは今日の日報を書いていて、神社の周囲の森の木の伐採について神主の清澄さんと打ち合わせをしてきた圭吾くんは、仕事が終わった早稲ちゃんと一緒に神社から戻ってきていました。

「ミルの散歩に行ってくるよ」

「あ、お願いします」

圭吾くんが言って、ミルを呼ぼうとしたそのときです。バイクの音がしてきて、その音がだんだん近づいて駐在所の前で停まるのがわかりました。

「昭憲《しょうけん》さんかな？」

圭吾くんが言います。

皆でたぶんそうだね、と頷きながら外を見ると、野良着姿の昭憲さんが五十CCのバイクから降りる姿が見えました。住職としての用事ではないようで、袈裟《けさ》は着ていません。

「珍しいね、ここまで来るの」

周平さんが言って、書類書きをしていた手を止めました。

「やれ、どうもどうも」

引き戸を開けて、昭憲さんが笑みを浮かべながら入ってきました。

住職を務める長瀬寺《ながせでら》にも畑があって、自分で食べる分だけの野菜などを作っているので、檀家《だんか》を回るとき以外は野良着姿でいることが多い昭憲さんです。

「お久しぶりです、昭憲さん」

周平さんが立ち上がって迎えました。

「いやこちらこそ」

昭憲さんが手を合わせて私たちに言います。

あの事件があったのは私たちがここに来てすぐの頃でした。あれから少しの間、どうにも気まずい空気が周平さんと昭憲さんの間には漂っていたのですが、もう時間も経った今はごく普通になっています。

「蓑島さんではなくてね。山小屋に行ったら、圭吾くんがこちらに戻っていると聞いてね」

「あ、僕にですか」

圭吾くんに用事があったのですか。どうぞどうぞと早稲ちゃんがソファを勧めます。私は台所から麦茶を入れて持ってきました。

「今日は何だか急に暑くなってきたね」

「そうですね。ここのところ急に夕方の陽射しが暑くなってきましたね」

「何か毎年のように気温って上がってるような気がしませんか？　山に入っているとよく思うんですよね」

圭吾くんが言います。

「そうだね。私が小さい頃はこの辺も冬はもっと雪が積もっていたしね。夏は涼しかったような気もするが」

「たぶんですけど、地球全体がそうなんだと思いますよ」

周平さんが言います。

「地球の歴史では、氷河期があって暖かくなったわけで。それが続いてどんどん気温が高くなるそうです」

「そんな話していたわね」

この間も、ＮＨＫのテレビ番組でやっていました。

「まぁ少なくとも私が生きているうちにはそんなに変わらんだろうけどね。それで、圭吾くんね」

「はい」

「今、〈雉子宮山小屋〉の近くに小さな山小屋を造っているだろう。何だかログハウスだったか」

そうですね、と、圭吾くん頷きます。

「あれは、もう完成していて、人も泊まれるって聞いたんだが」

「泊まれますよ。まだ営業開始はしていませんけれど」

将来はログハウスを造ったり販売したりする仕事をやりたいと思っている圭吾くん。その下準備で、〈雉子宮山小屋〉の近くの土地を切り開いて、ログハウスを自分一人で造り上げました。

とても美しい立派な建物で、あれがお手頃なお値段で手に入るのなら、私たちも欲しいぐらいだねと周平さんとも話していました。

「まだ二人で泊まるのが精一杯ですけどね」

「炊事もできるのかい」

「水道は通ってるし、ガスはプロパンです。コンロも置いてあります。ただトイレはまだ準備中で、山小屋のを使わなきゃならないですけど」

「〈雉子宮山小屋〉のトイレは、外からも入れるようにしたものね」

早稲ちゃんが言って、圭吾くんも頷きました。

「じゃあ、とりあえず生活はできるんだね？　そのログハウスで」

「できますね。多少不便ですけれど」

何の話になるんだろう、という顔を圭吾くんがします。私も周平さんも早稲ちゃんもです。

「いや、実はな。私の直接の知り合いではないんだが、ある人に頼まれて、この辺で部屋を貸してくれんかとな」

「部屋、ですか」

雉子宮にはアパートなどはありません。川音川向こうの鉤崎に行けば少しはありますけれど。

「うちの寺のどこでもいいからしばらくの間、人を置いてくれないかとね。寺なら静かな環境だからいいんだが、と言われてな」

お寺にですか。

「静かな環境というと、そういうものが必要な人なのでしょうか」

周平さんが訊くと、昭憲さん、小さく頷きました。

「どうもそうらしい。これもな、村の皆には内緒にしてほしいそうなんだが、小説家らしいんだ」

「小説家⁉」

早稲ちゃんと二人で同時に繰り返してしまいました。

横浜時代にはいろんな人の手術をしましたが、そんな職業の人には会ったことがありません。

「小説家の方が、雉子宮に来て何かを書くんですか？」

早稲ちゃんです。

「そうなんじゃないかと思うんだが、何せ内緒にしてほしいとの話でな。この話をするのも、この五人の中での秘密にしてほしいんだよ。他の誰にも、まぁ清澄と山小屋の哲夫《てつお》はしょうがないとしてね」

すべてが内緒ですか。

周平さんが唇を少し歪ませました。

「何か、その作家さんは特別なものを書くためなのでしょうかね。誰にも邪魔されずに、知られずに済む環境を手に入れたいと」

「そういうことなのかな、と私も思ったんだが、寺には確かに部屋はあるが、何せ私一人で暮らしている。世話など何もできないしそもそも寺には人が集まるんでね」

「そうですよね」

檀家の皆さんがよく集まっています。

「縁起でもないですけど、お葬式とかね」

「法事とかね」

いろいろお寺にはあります。

「そうなんだよ。かといって、空き家になっている農家を貸したところで修繕やら何やらで大変だ。そこで〈雉子宮山小屋〉のログハウスのことを思い出してね。あそこなら、それこそ本当に誰一人来ない」

圭吾くんが頷きます。

「その通りですね。近くにいるのは僕と叔父さんだけですし、それも夜にはいなくなります」

私も行ったことはありますが、聞こえるのは鳥や虫の声だけです。静かといえばあれ以上静かな環境はありません。

「むろん、お金は払うそうなのだが、どうかな。あそこをそういう人に貸せるかな」

圭吾くんと早稲ちゃんが顔を見合わせました。

「特に使ってはいないので、貸すことは簡単ですけど。でも、本当に何もありませんよ。ベッドは作ってありますけど布団もないし、茶碗《ちゃわん》ひとつないですけど」

「布団ぐらいは寺にあるからね。それでいい」

「いや、布団はここから持っていけばいいよ。その方が近いし」

「家財道具というか、炊事道具もここにはたくさん余っているから持っていってもいいですよ」

茶碗もお皿もたくさんあります。

「お風呂とかは、ここかしら」

早稲ちゃんが言うと、昭憲さんもちょっと渋い顔をしました。

「そうだな。ここがいちばん近いといえば近いし、駐在所だから安全だろうしな」

ふぅむ、と皆で首を捻ってしまいました。

「昭憲さんも何ひとつわからないけど、その頼まれた人にはちょっとした義理があって、その頼みを聞いて、貸してあげなきゃならないんですね？」

周平さんです。

「そういうことなんだよ。とにかく、誰にも知られずにということでな。どうかね、頼まれてくれないかな圭吾くん」

「そういうことなら、いいですよ。料金も格安にしておきます」

「いや良かった。何でもすぐにでも来るということだから、明日にでも準備しておいてくれると助かる」

「炊事は、自分でなさるんですか？」

早稲ちゃんが訊きます。

「その小説家さんとな、あとは秘書みたいな女性と二人で来るそうだ。車もあるそうだから買い出しは自分たちでできるし、準備さえしてくれたら後は何も構わんでいいと」

男女なのですか。

謎の小説家が、やってくるんですね。

「どんな人が来るんだろうね」

「うん」

夜になって台所で早稲ちゃんと、ログハウスに運ぶ食器などを選んで段ボールに詰めながら話していました。

「不思議なお話よね。小説家がわざわざこういうところまで小説を書きに来るなんて」

「そうよね。そんなことってあるのかしら？」

「わからないわねー」

小説家に知り合いはいません。そもそも小説家がどういうふうに小説を書くかなんて、私たちにはまったくわかりません。

「秘書って言っていたけど、きっと恋人か何かよね」

早稲ちゃんが言いますけど、それもわからないですね。

い何でしょうか。

駐在所の電話が鳴りました。

「あ、ごめんね」

「うん」

すぐに駐在所に行きます。周平さんがいるので電話応対はしますけれど、妻である私も電話の内容は常に知っておかなきゃならないからです。

「はい、雉子宮駐在所」

周平さんが電話に出ます。

「あぁ。お疲れ様です」

すぐに笑顔になって私をちらりと見て軽く頷きました。ということは、事件や事故などの電話ではないということです。

「はい、元気です。もうすっかりこちらの人間ですよ」

きっとこの地区を管轄する松宮警察署の坂下《さかした》警部か、あるいは横浜時代の先輩、都筑《つづき》署の田畑《たばた》さんでしょう。ああいう笑顔で話すのはそのどちらかです。

「え？」

少し驚いた顔になりました。

「本当ですか。そりゃ凄い」

凄いんですか。でも喜んだふうではありません。顔を顰めています。

「それ、メモしておく必要はありませんね。はい、はい。そんなにですか。いや芸能界始まって以来じゃないですか？」

芸能界。何でしょう。

「ええ、あぁそうですね。はい。なるほど」

何かメモを取り出しました。

「あくまでも、そちら側の配慮ってことですね。わかりました。いやそれにしても驚きですね。まさかこれ、バタさん」

やっぱり田畑刑事ですね。

「大騒ぎにするためのものじゃないでしょうね？　考えられますよね」

首を捻っています。

周平さんの様子からすると相当な出来事があったようですけれど。

「わかりました。連絡ありがとうございます。そうですね、僕らがそんなふうに考えてもどうしようもないですね。そのときが来るまで保留事項にしておきます」

それから少し雑談めいた話をして、電話を切りました。

「バタさんからだった」

「お元気でしたか？」

「いつも通りだったよ」

「何か、共有しなきゃならない情報は」

周平さんが一度首を横に振りました。

「今は、ない」

「今は？」

「詳しいことは明日の朝刊を見たら、わかると思う。とんでもないことが起きたよ。ひょっとしたらこの後のニュースでもやるかな？　きっと今は新聞社もテレビ局も大騒ぎしていると思う」

「大事件、ですか」

「大事件だけど、実は僕らからするとそうでもない」

大事件なのに、そうでもないんですか。

「えええっ‼」

早稲ちゃんの声が響きました。先に新聞を取って一面を見た私も思わずそういう声を上げそうになったので、早稲ちゃんならきっと叫ぶだろうと思っていました。

「どうした?!」

一緒に起きてきた圭吾くんもやってきます。

駐在所のテーブルの上に、新聞を広げました。

「ええっ！」

トップニュースというものです。

〈芸能界マリファナ汚染摘発〉

マリファナです。

麻薬と一般的に呼ばれたりもしますが、正確にはまったく違うものですけれど、大きな意味では麻薬です。

「ちょっと！　大神義男《おおかみよしお》に絹敬子《きぬけいこ》！」

「坂之上単剛《さかのうえたんごう》に賢木《さかき》ジョーって、なんだよこれ！」

「えっ！　篠崎詠美も？」

早稲ちゃんと圭吾くんが口々に記事内に書かれていた芸能人の名前を読み上げました。

あまり詳しくない私でも知っている人ばかりです。

そういう人たちが芋づる式に逮捕されたのです。

「あ、でも賢木ジョーと篠崎詠美は逮捕されていないのか。名前が挙がっただけ？」

「名前が挙がったってことは、使っている仲間だったってことでしょ？　わー、すっごいショック」

周平さんが昨日の夜の電話で知ったのは、これだったのですね。

「マリファナって、とんでもない麻薬なんでしょう？　花さん」

「うーん」

確かにとんでもないのですが、ちょっと微妙なところです。

「マリファナって、大麻なのね。確かに麻薬として知られているけれど、その昔は薬としても使われていたものだからね。正直言って中毒性という点で言えばもっとひどい植物はたくさんあるから」

「そうなの？」

「そうよ」

私は外科医で、薬物に関してのプロではないけれども。

「私もそんなに詳しいわけではないけれども、常習性、止められないという点では普通の煙草、つまりニコチンね、それにアルコール、お酒ね。そっちの中毒の方がよりひどいというのはもう研究がされているみたい」

「そうなの？」

「まぁ普通に吸っている国はあるし、昔っからやっている人はたくさんいるよね」

周平さんも起きてきました。新聞を読んで大騒ぎするだろうってわかっていたんですね。

「でも、逮捕されますよね」

「される。法的に禁止されているからね。いやそれにしても大きいね、扱いが」

広げた新聞に目をやって、周平さんが言います。

「昨日の電話は、この件だったのね」

「そう。ちょっとね、これに関してはいろいろあるので、確認の電話が掛かってきて」

「確認って？」

首を横に振りました。

「言えないんだ。そのときが来ないとね。あとね、早稲ちゃん」

「え？　なに？」

「ファンの人たちは嘆き悲しむかもしれないけれど、この摘発はひょっとしたら裏があるかもしれないから」

「裏？」

「裏？」

周平さんが唇を歪めました。

「確かにマリファナを吸っていたのは困ったことだし、今後は絶対にやってほしくはないけれども、こんなに大騒ぎする必要があるのかどうかってことだよね。これが普通の一般人だったらこんな記事にならないだろう？」

「そうね」

ならないと思います。

「せいぜいが小さな記事で終わり。芸能人だから大騒ぎする。僕の同僚だった刑事が言っていたんだけど、何か隠したいものがあったのかもしれないなって」

隠したいもの。

「まさか、あの汚職事件？」

圭吾くんが言います。

「汚職事件から世間の目を逸《そ》らすために、わざわざ芸能人のマリファナ事件を公にしたってこと？」

「そんな」

周平さんが、肩を竦《すく》めました。

「実は以前から僕のいた横浜の署でもこのネタを持っていたんだ」

「持っていた？」

「賢木ジョーは横浜出身だからね。彼が若い頃からそういうものをやっていたっていうのは、正直なところ昔からの仲間だったら皆が知っていることなんだ」

「そうだったの？」

周平さんが頷きます。

「それを今頃こんなふうに出すってことは、何かあるってね。でもまぁ騒がないようにって確認の電話をくれたんだ」

そうだったのですね。

それにしても、です。小学校へ向かう子供たちの朝の登校を見守ってから、早稲ちゃんと圭吾くんと三人で、やってくる小説家と秘書さん二人分の食器や炊事道具などを抱えてログハウスまで歩いていきました。

テレビのニュースでも一斉に芸能界マリファナ汚染のことを取り上げていたので、もう日本中がこの話題でもちきりのはずです。

途中、農村風景とでもいうべき長閑《のどか》な景色が見えますけれど、きっとあの家々でもこの話題でもちきりなんだろうなぁと話していました。人口密度がほとんどないこの雉子宮ですが、遠くに見える、農作業の合間に立ち話をしている人たちもこの話をしているような気がします。

「子供たちが訊いてきたら親はどうやって説明するんだろうね。『あの人たちどうしたの？』って」

圭吾くんが言います。

「難しいね。役者さんのことを知ってる子供たちもたくさんいるだろうしね。ひょっとしたらファンの子もいるだろうし」

早稲ちゃんが顔を顰めながら頷きました。

「素直に教えるしかないと思う」

「素直に」

「ただ、事実を教えるの。マリファナとはこういうもの、法律で禁止されているもの、それを使ってしまったのだから警察に逮捕された。悪いことをしたから、捕まった。そういうふうにね。そして、わからないことも素直に言うの。お父さんお母さんもわからないって」

「わからないというのは」

「たとえば、どうしてマリファナなんて悪いことってわかっているのに使うの？　って訊かれたらね。わからないでしょう？　だからそれも素直に言う。わからないって」

「それは、病院での経験から？」

頷きました。

「もちろん、子供だからこそ隠しておいた方がいいと判断するようなこともあるんだけど、でも、子供って本当に大人のそういうものを敏感に感じ取るのよね」

何度も経験があります。今でも思い出すとそのときの辛さや苦しさがよみがえり胸が痛むようなことも、ありました。

「死んじゃったらどうなるの？　なんて問いには答えられない。だから、お医者さんもわからないんだって言うしかない。わからないけれど、私たちは一生懸命誰も死なないように頑張るんだよって。だから、一緒に頑張ろうって」

いつか二人も、私もですけれど、子供を持つ親になるかもしれません。

「そのときには、そうしようってずっと考えているの」

「そうだね」

圭吾くんが頷きました。

「あれかしら、さっき周平さん言ってたけど、昔マリファナを吸っていたという程度ものだったら警察も放っておくのかなぁ」

早稲ちゃんです。

「そもそも周平さんは担当が違っていたからね。ひとくくりにはできないけれど、横浜は外国の方も多いし、アメリカの軍関係者も多いし。マリファナとかその辺の話は確かによく聞いていたわ。病院に担ぎ込まれた人もいたわね」

「いたんだ」

いましたね。

「ミュージシャンとか、芸術関係の人たちとかの話は聞くね」

「ヒッピーとかそういう人たちはよく吸っていたんでしょう？」

「そうなのかな」

「麻薬とかもそうだろうけど、周平さんってさ、横浜の刑事時代はもっと想像もつかないような悲惨だったりひどかったりする殺人事件なんかも担当していたんだよね」

圭吾くんが言います。

「そうね」

そのはずです。事件の話など聞かせてもらったことはほとんどありませんけれど、拳銃を持った犯人と銃撃戦をしたこともあったはずです。その中で、犯人を撃ったことも。人を殺して平気でいるような犯人と相対したことも。

「でも優しいよね周平さん。そういうのを知っているからなのかな。知っているからこそ、優しくなれるのかな」

早稲ちゃんも頷きながら言いました。

「そうかな」

そうなのかもしれません。

「そういう意味では私は優しくないかも」

「えっ、何で」

「花さんはお医者さんで、人の命を救ってきたのに優しくないの？」

ちょっと笑ってしまいました。

「優しくないっていうのは、まぁ冗談だけど、でもね、医者って確かに人の命を救ったり病気を治す仕事をしているんだけれど、善悪の判断なんかしないから」

「善悪」

「たとえば今にも死にそうな重傷を負った患者さんがいたら、私は必死でその怪我を治そうとする。生かそうとする。たとえその人が、何十人もの人間を殺した極悪非道な犯人であっても」

そこに、救える命がある限り、それを救う。それが、医者の仕事。使命。

「ただ、そこにある命を救うだけ。救ったなら生きていてほしい。ただそれだけのことで、優しいとかじゃないの」

「そうか」

「私ね」

ここに来る前の話です。

「入院していたでしょう？　この傷で」

右手を上げました。知っている早稲ちゃんも圭吾くんも頷きます。

「その事件で二人は知り合ったんでしょ？」

「そうなの。その頃にね、周平さんとそんな話をしたことがあるの。周平さんがもしも凶悪な殺人犯を銃撃戦の末に撃ってしまったとして、まだその人が生きていたらもちろん病院に運んで命を救おうとする。でも、その犯人の命を助けようとするのは、救うためじゃなくて逮捕するためだって」

うん、って二人が頷きました。

「優しさとかじゃなくて、逮捕してそいつに罪を認めさせるためだけに、その命を救うんだね」

そういうことです。

「周平さんが言ってた。もしもの話だけれど、その犯人がたとえ命が助かって逮捕できたとしても、絶対に罪に問われないことがわかっている場合があったとしたらね」

「うん」

「周平さんは、僕ならそのままそいつを殺すかもしれないって言ってた」

「殺すって」

「放っておけば死ぬんだったら、そのまま放っておくかもってことね。助けようと病院に運ぶことなんかしないような気がするって。それは正しいことか、正しくないことか。刑事としてどうか、人としてどうなのか。なんて、そういう話をしたわ」

うーん、って圭吾くんが唸《うな》ります。

「ものすごいヘビーな話だね」

「私の事件が、そういう重たい事件だったせいね。親しくなるにつれてそんな話をよくしていた。医者であり被害者である私と、刑事である周平さんと」

私を傷つけた犯人は、ある意味では被害者でもあったのだから。

「それは違うでしょう？　例えば花さんが手術した人の中で亡くなった方がいたとして、それは花さんのせいではないんだから」

「でも、その人にとっては、私は自分の家族を殺した人間としか思えなかったというのは、わかるから」

人の命とは、正義とは、被害者とは、犯罪者とは、罪とは、罰とは。

そんな話を、あの頃に病院のベッドで、お見舞いに来てくれていた周平さんとよくしていました。


圭吾くんが一人で建てたログハウスに入るのはこれで二度目。前に来たときにはまだ未完成のところもあったんですけれど、すっかり出来上がっていました。

「きれいね！」

木の香りが素晴らしく心地良いです。

「それこそ小説家ならここでずっと書いていられるかも」

なったことないからわからないですけれど、環境としてはとてもいいと思います。机はないですけれど、真ん中に置いてあるテーブルが大きいのでここで書けるのではないでしょうか。

「コンロは点くし、鍋も一式あるし、茶碗や皿に箸にコップもある」

「お米や調味料も一通り揃った。後は必要なものは買ってきてもらう、と」

ひとつひとつ指差しながら圭吾くんと早稲ちゃんが確認していきます。

「冷蔵庫、持ってきておいてちょうどよかった」

圭吾くんが以前の自宅で使っていたものですよね。うちで早稲ちゃんと暮らすようになって不要になったものを取っておいてここに運んでいました。

「本当にないのはお風呂だけね。十分暮らせる」

お部屋がひとつしかないのはどうしようもないですけど、ロフト、と言われる、梯子《はしご》で上った先に壁のない屋根裏部屋のようなものが造ってあって、そこにベッドが置いてあります。

「二人でしばらく泊まるのには十分よね」

早稲ちゃんが言います。

「そう思う」

圭吾くんはそのまま山小屋、早稲ちゃんは神社、私は駐在所に戻って周平さんがジープに乗ってパトロールに出掛けるのを見送ります。今日は山の方も登って回ってくるので、ジープで行ったんですね。

晴れていて、村の中を回るだけだったらオートバイや自転車を使うことが多いです。特に近頃周平さんは自転車を使うことが多くなりました。何でも、身体がなまってきているのがわかるとか。それと、少し太ったことも。

大きな署にいるときには訓練で柔道とかもできたので身体がなまるということもなかったんですけど、こちらに来てからはとにかく何も身体を鍛えることができません。それで、自転車で走り回って体力をつけた方がいいと思ったみたいです。

留守番の私は、家の掃除も終わってお昼ご飯をどうするか決めると、しなければならないことがない時間があります。

犬のミルや猫のヨネ、クロ、チビと遊んだりすることもちょこちょこあるのですが、腕や指の運動機能回復、リハビリテーションにあてることもあります。

知人の医師に頼んでやり方を教えてもらったり、専門の本を取り寄せてやったりもするのですが、正直なところ、もう完全に元には戻らないと諦めている部分もあります。

手術から二年が過ぎて、ようやく人に見せても恥ずかしくない程度の字が、それでも子供の書いたような字ですけれど書けるようになったり、お箸を不自然じゃないように持てるぐらいには回復しましたけれども、自分の身体なのでよくわかります。

メスを持つことは、まだできません。とても精密な動きをさせることは無理です。ようやく包丁で自分の手を切らない程度になったぐらいです。それでも、動かないわけではないのです。日々一ミリでも進んでいるのだと信じて、続けるだけです。

「ただいま」

「おかえりなさい」

いつものように、お昼前に周平さんがパトロールから戻ってきます。

「特に何もなし、かな」

「はい」

壁には、周平さんが作った雉子宮の地図が張ってあります。人が通る山の道なども記入されていて、圭吾くんにも手伝ってもらって崩れたり危ない兆候があった箇所にはきちんとメモを貼っておくようにしてあります。

後から圭吾くんにも確認しますけれど、今日は今のところ何もなし、ですね。

「お昼ご飯はスパゲティにします」

「うん。ナポリタン？」

「そう。ベーコンとソーセージを入れて」

「いいね」

「もう少ししたら早稲ちゃん戻ってくるから、それから麺を茹《ゆ》でるね」

圭吾くんは早稲ちゃんが作ったお弁当を持って山に入っているので、もしも謎の小説家さんと秘書さんがやってきたら、早稲ちゃんか私が対応することになっています。

「早稲ちゃん、来たよ」

窓のところにいた周平さんが言いました。そこから神社の長い階段が見えるので、下りてきたらわかるんですよね。

「あ、来た？」

じゃあ、と台所へ行こうとしたときに、車の音が聞こえてきました。周平さんも私も正面の、道路が見える窓の方を見ます。滅多に車が通らないところですから、バス以外のエンジン音が聞こえると反射的に確かめてしまいます。

「クラウンだね」

「クラウン？」

車の名前ですね。山吹色の大きな車が走ってくるのがわかりました。

「前の型だね。十年ぐらい前のものじゃないかな」

「そうなんだ」

仕事柄、周平さんは車にも詳しいです。ただし、名前や形だけで、エンジンがどう、とかはわからないそうです。昔の仲間の刑事さんの中には、エンジン音を聞くだけで車種を当てる人もいるそうですけれど。

かなりゆっくり走っています。そのままゆっくりと駐在所の前を通り過ぎたと思ったら、急に停まってUターンして戻ってきました。

まったく車通りのない道路ですから許されますけれど、本当は危険な運転です。ちょうど巫女さん姿の早稲ちゃんもやってきて、駐在所の前でその様子を見ています。

「ひょっとして」

「謎の作家かもね」

周平さんと二人で顔を見合わせ頷きました。ゆっくりと走って、山吹色のクラウンが駐在所の前に停まりました。助手席の窓が開けられて眼鏡をかけた女性が顔を出して早稲ちゃんに何か訊いています。

「どうぞー！」

早稲ちゃんの大きな声が聞こえました。やっぱりそうなんでしょう。謎の作家さんと秘書さん。

エンジンが止まって中から降りてきた運転していた男性は、濃紺のスーツを着てサングラスをかけています。髪の毛は短めで、身長の高い方ですね。周平さんはかなり大きいのですけど、ひょっとしたら同じぐらいかもしれません。

女性も、比較的背の高い方です。髪の毛が長く、ゆったりとしたワンピースを着ていて少しふくよかな方かもしれません。

「どうぞ！」

早稲ちゃんが駐在所の戸を開けました。

「失礼しますー」

「お邪魔します」

男性がサングラスを取って、ぺこりと頭を下げました。女性の方もその横でにっこりと微笑みます。

「こちらのお寺の住職に聞いてきたのですが」

「はい、伺っています」

早稲ちゃんが何故《なぜ》か家の奥に飛ぶようにして引っ込んでしまったので、私が応えました。トイレだったんでしょうか。それともログハウスに案内するために着替えに行ったのでしょうか。

「良かった。何でも山の中のログハウスをお借りできるということで、ありがとうございます」

女性の方が言います。顔つきは可愛らしいのですが、少しハスキーな声です。眼鏡の下のそばかすがとてもチャーミングに思えます。

「すみませんが、案内を頼めますでしょうか」

女性が私を見て言います。お顔も少しふくよかですけれど。

「あ、すみませんが」

周平さんが右手をちょっと上げて言います。

「雉子宮駐在所の蓑島といいます。ログハウスに行く前に、お手数ですがお名前と年齢と、どこか連絡先を教えていただけますか？」

「連絡先」

女性が少しだけ眼を細めました。

「いや、大袈裟《おおげさ》なものじゃありません。しばらく滞在されるということであれば、駐在所としては何かあったときのために確認できるものは残したいのです」

言葉を切って、にこりと微笑みました。

「縁起でもないですが、山の中です。突然地滑りが発生してお二人が口もきけないような状況になってしまったとき、お名前や連絡先がわからないと、私たち警察やあるいは消防は何もできなくなってしまいます。そのためにです」

こくん、と女性は頷きます。男性と顔を見合わせ、男性が口を開きました。

「僕は、新倉寿和《にいくらとしかず》と言います。新しいに倉敷の倉です。ことぶきに平和の和ですね。三十七歳です。彼女は僕の秘書で、鹿島《かしま》みのりです。鹿の島にひらがなでみのりです。年は同じです。連絡先は、僕の実家が千葉にあります」

千葉のご出身なんですね。電話番号を言って、それを周平さんがメモをしています。

「しばらくご滞在と住職の昭憲さんから聞いていますが、どれぐらいになるとかは決まっていますか？」

メモをしながら訊くと、新倉さんが少し首を傾げました。

「どれぐらいですかね。特に決めているわけではないので、まぁ一ヶ月とか二ヶ月とかになっていくと思いますけど」

かなり長くですね。周平さんが頷いて、戻ってきた早稲ちゃんの方を見ました。やっぱり早稲ちゃん着替えていたんですね。

「では、僕からはそれだけです。後は、ログハウスの持ち主の奥さんであるこちらの坂巻さんが案内しますので。細かい話は彼女と、山にいる旦那さんに聞いてください。それから」

私を見ました。

「僕の妻の花です。お風呂はログハウスにはないので、入りたいときにはここのを利用してもらうことになりますし、その他緊急時など、たとえば何かが起こってログハウスに入れなくなったときなどは避難場所としてこの駐在所を使ってもらいます。妻も同行しますから話をしてください」

「わかりました。何から何までありがとうございます」

みのりさんが言って、二人で頭を下げました。

「じゃあ、ご案内します。と言っても、この道をこのまままっすぐ山に向かうだけです。車の後ろに乗せてもらっていいですか？」

早稲ちゃんが言います。

「どうぞどうぞ。お願いします」

「あ、荷物をちょっとどかしますね」

言いながらみのりさんと新倉さんが玄関から出て行って、周平さんが受話器を持って私を見ました。

「山小屋に電話しておくよ。これから向かいますって」

「お願いします」

駐在所から山小屋までは、車ではほんの一分か二分ぐらいです。初めて乗るクラウンは、何だか良い匂いがしました。みのりさんの香水の香りかもしれません。話をする間もなく、山小屋に着きます。早稲ちゃんが手を伸ばして言います。

「そこを右に曲がって、そのまま山小屋の奥まで進んでください。はい、そうです。見えましたよね」

「あぁ、きれいですね！」

「横につけていいです」

ログハウスから圭吾くんが出てきました。

「ようこそ」

「どうも、お世話になります。新倉です。こちらは秘書の鹿島です」

「坂巻です。どうぞ中へ。ご説明します」

トランクから二人の荷物を出して、ログハウスの中へ入ります。狭いので私と早稲ちゃんは玄関のところで控えていました。

「説明と言っても、もう見ただけでわかりますよね。この通り狭い小屋です」

「いや、素晴らしいです」

新倉さんが笑顔で言いました。あれは本心ですね。顔が輝いています。

「こんなに本格的なログハウスは初めて見ました。凄いですね」

「ありがとうございます。台所は奥です。あの通りコンロが二つだけです。お風呂と洗面所はないので手洗いも洗顔も全部あそこで済ませてください。ロフトにベッドがあります。座卓もあるので、何か二人で別々に作業をするなら上と下に分かれてすることはできると思います。トイレは、あそこに見えますね。山小屋のトイレを二十四時間いつでも使えます。でも夜は真っ暗になるので、ほんの数メートルですけど懐中電灯持参で行った方がいいでしょうね」

「なるほど。まさかトイレの中も電気が」

「トイレの電気はスイッチで点きます。でも、雨が降ると傘も差して行かなきゃならないですけど」

「いや、十分ですよ」

「冷蔵庫はそこにありますし、布団も上のロフトに置いときました。電話は、山小屋のが使えますけど、夜は閉めてしまうのであのトイレの横に見えますよね？　裏玄関の合い鍵をお渡ししますので使ってください。ただし、裏玄関のそこしか入れません。他は鍵を掛けますから。電話だけ使えるように僕が山小屋を出るときには裏玄関のところに置いておきますから。後は」

圭吾くんが、玄関に控えていた私と早稲ちゃんを見ました。

「台所用品、一通り揃えておきましたけど、足りないものがあれば言ってください。まだ予備とかが駐在所の方にあります。それと、先程も言いましたけど、お風呂は駐在所に来てもらうか、車で三十分ほどの銭湯に行くかしかありません。うちは毎日お風呂を沸かしますので、夕食後、七時過ぎであればいつでも来てもらえれば入れます。電話ください」

ありがとうございます、と、みのりさんが頭を下げました。

「後は、買い物ですけれど」

「あ、来る途中でお店は確認してきました。隣町のも。それで大丈夫ですよね？」

みのりさんが言うので頷きました。

「じゃあ、後は何かあれば訊いてください。僕は、山小屋にいますし、駐在所にはいつも誰かがいますから」

ちょっとお昼が遅くなってしまいましたけど、無事に二人を迎えられてホッとしました。

これで昭憲さんも安心するでしょう。私たちのいない間に周平さんが電話しておいたそうです。

「くれぐれも、内緒にって。村の人にも誰にも言わないように」

「うん」

早稲ちゃんと二人で頷きました。

「新倉さんにも念を押されたわ。誰にも言わないでくださいって」

「あのね」

早稲ちゃん、唇にケチャップがたっぷり付いています。

「まさかだけどね、周平さんも花さんも気づかなかった？」

「何に？」

「あのみのりさん？　鹿島みのりさんって秘書の人、どことなくだけど、女優の篠崎詠美に似てるって思ったんだけど！」

少し鼻息を荒くして、早稲ちゃん言います。篠崎詠美さんですか。周平さんが首をちょっと傾げました。

「マリファナ疑惑の？」

「ほら前に話したよね？　篠崎詠美が実はここの生まれじゃないかって」

言っていましたね。どういう事情かはわかりませんけれど、ここの出身であることを隠すために口止めされた人がいるって話を。

「篠崎詠美って、新聞にマリファナ疑惑で名前が出ていたけれど逮捕されたわけじゃないんでしょう？」

「新聞の記事によると、だね。それならどうして名前が出たのかが疑問なんだけれど」

「それで、逃げてきたんじゃないの？　誰にも内緒っていうのがすっごく気になるし」

「え、じゃあ、新倉さんが小説家っていうのも嘘ってことになっちゃうけど」

「マネージャーさんとか！」

フォークをぐん！　と力強く振って早稲ちゃんが言います。

「でも、彼女申し訳ないけどちょっと太めちゃんなんだよね。だから違うとは思うんだけど、どうしても顔立ちが似てるような気がして」

篠崎詠美さんですか。ファンである早稲ちゃんが言うんだから、やっぱりそうなのでしょうか。

「早稲ちゃん、案外そうなのかもしれない」

「え？」

「どういうこと？」

周平さんも顔を顰めました。

「彼女、変装していると思う」

「変装？」

「そう」

「え、どうしてそう思うの？　花さんわかったの？」

頷きます。

「みのりさん、ふくよかなお顔をしていたけれど、肌の様子からして頬を膨らませていたんだと思う」

「膨らませていた」

「たぶん、頬に脱脂綿《だっしめん》か何かを詰めていたんじゃないかな。お芝居ではよくそういうのを使うって聞いたことある。そのせいで声も少し通らなくてハスキーになっていたんじゃないかな。それに、彼女、そばかすがたくさんあったけれども、あれも描いたものだったわ」

そばかす、って周平さんが呟《つぶや》きます。

「そういうのって、わかるの？」

「多少はね」

これでも、女医です。美容は専門外ですけれど、肌の様子やそういうものには男性の医師よりも見る眼はあるつもりです。

「たぶん、間違いない。脱脂綿も、そばかすも。体形もきっとお腹にタオルか何かを巻いていたんじゃないかな。そうやって変装をする理由というと」

周平さんが頷きました。

「早稲ちゃんの言うように、女優の篠崎詠美だとしたら、それを隠すためか。髪の毛が長くて顔を隠していたのも、黒縁の大きな眼鏡を掛けていたのも、変装か」

「そういうことになるわね。実際、遠めには絶対篠崎詠美だとはわからなかったし、近づいても確信は持てないかも」

じゃあ！　って早稲ちゃんが手を打ちました。

「一緒にお風呂入ったらわかるんじゃないの?!」

「私たちに素性を隠すつもりなら、絶対に一緒に入らないでしょうね」

「彼女が、篠崎詠美の変装か」

周平さんが首を傾げました。

「周平さんも気づいた？」

「いや、それは全然わからなかった」

「それは？」

何か他にあったんでしょうか。

「何か気になることがあったの？」

うーん、と唸ります。

「気になることだらけだけど、ただ小説家という人種に会ったことがないのでね。そして小説家とひとくくりに言っても、その人によっていろいろなんだろうけど」

「そうね」

「新倉さんの立ち居振る舞いが、どうも小説家らしくない。いや、小説家らしい立ち居振る舞いなんてものは分からないけれども、何か気になる」

「何だろうね」

早稲ちゃんが言います。

「とても、いい人に思えたけれど」

「そうだね。それはそうだ」

「でも、周平さんはあの人が気になるのね？」

うん、と、頷きます。周平さんの警察官としての勘みたいなものは凄いんだと、元の同僚の皆さんたちは口を揃えて言っていました。

だから、新倉さんは何かを隠しているのかもしれません。

「本当に篠崎詠美のマネージャーで、だからそれを隠しているってことじゃないの？」

「そんなことぐらいなら、こんなに気になるとは思えないんだけどな」

「まさか、犯罪者ってことは」

「まぁ、それはわからない。頭の良い犯罪者っていうのには会ったことないしね」

「ないの？」

ないだろうね、って周平さんが笑います。

「警察官に捕まるような奴らは全員いろんな意味で頭の悪い連中だよ」

「あ、そうか」

納得して早稲ちゃんも頷きました。

「頭のいい犯罪者は、そもそも犯罪が発覚しないんだ」

その通り、と周平さんが頷きます。

「ひょっとしたら犯罪にさえならない方法で何か悪いことをやっているかもしれない。そういう連中は、わからないだろうね。だから、新倉さんがそういう男だとしたら本当にわからない。ただ、そういうんじゃないとは思うんだけど」

何にしても、本人たちに確認しても言わないでしょう。

「そもそもここで何も悪いことはしていないんだから、問い詰めることなんかできないでしょうしね」

「その通りだね」

「そうね」

早稲ちゃんも唇を曲げながらも頷きました。

「でも、気になるなぁ」

「圭吾くんにさ、言っておくといいよ。山小屋からログハウスの様子は少しは見えるだろう？」

「見える。カーテンの掛かっていない昼間は」

「それとなく、様子を窺《うかが》っておいてって。執筆活動しているかとか、二人でどんなことをしてるかとか」

周平さんが言います。

「いいの？　そんなことを警察官が言って」

小さく頷きました。

「もちろん、褒められたことではないけれども、警察官としての職務規定で言えば、彼らは共同体の中に突然やってきた〈不審な人物〉としての要件は満たしている。観察をするのは問題のある行動ではないよ。ただ、僕が出向いてするのはやりすぎかな。でも、圭吾くんは家主なわけだから、家主が間借り人の様子を見るのはごく普通のことだよ」

確かに、そうかもしれません。

でも、何も起こらず、そして何もわからずに、新倉さんが話していた通り二人が姿を見せることはほとんどないままに、二週間が過ぎていきました。

その間に、芸能界のマリファナ汚染のニュースはだんだん小さくなっていきました。篠崎詠美さんの名前は最初に出ただけで、それからは一切出ませんでした。

買い物は、やってきた日に二人で車でまた出掛けて、大量に食料品を買い込んで戻ってきていました。それこそ二週間や三週間は出掛けなくてもいいはずじゃないかな、と目撃した圭吾くんが言っていました。

圭吾くんの話では、窓から真剣に何かを原稿用紙に書いている新倉さんの姿はよく見えるそうです。それから、天気の良い日には二人揃って仲睦《なかむつ》まじく山道を散歩する姿も。でも、決して村の中へは歩いてきませんでした。

お風呂は二日か三日に一回、みのりさんと新倉さんが一緒にやってきて、交代で入っていきます。

みのりさんが入っている間は、周平さんと圭吾くんが新倉さんといろいろ話をし、新倉さんが入っている間は私と早稲ちゃんがみのりさんとあれこれお話ししました。全部他愛《たわい》のない話でしたけど、二人とも、いい人です。それは、間違いありません。

でも、みのりさんが変装をしているのも、間違いありませんでした。お風呂上がりのそばかすの位置がいつも少しずつ違っていたからです。これは、私がこの眼で確認しました。

問い詰めることはしませんでした。向こうが教えてくれるか、何かが起こるまで何もしない方がいい、と周平さんが言ったからです。間違いなく深い理由があるはずでしょうから。

新倉さんはペンネームで小説を書いているそうですけど、今やっているのが終わるまでは内緒にさせてくださいと教えてくれませんでした。こちらも無理にとは言えません。でも、著作の一部の内容を話してくれました。それは読んだことがなかったですけどとてもおもしろそうな話で、いつかタイトルを教えてほしいと真剣に思ったものです。

そして、身の上話をしてくれるとは思っていなかったのですが、話してくれました。やってきて、十五日目の土曜日の夜。

みのりさんがお風呂に入っている間です。

「どうですか。一杯やりませんか」

周平さんが、ビールを出してきたのです。お酒はログハウスでは飲んでいないことは聞いていました。お酒を飲むと仕事にならないから禁酒中だと。

新倉さん、ちょっと驚いた顔をしました。

「いいんですか？　蓑島さんが飲んでも」

「明日は日曜です。建前上は僕も休みですから、一杯ぐらいなら大丈夫ですよ、一瓶なら三人でコップ一杯」

圭吾くんがグラスを三つ持ってきました。

「じゃ、一杯だけ」

三人でビールをグラスに注いで、軽く乾杯の仕草をして、飲みます。美味しそうに笑顔になりますけど、私はどうしてもビールの美味しさがわかりません。

「訊いちゃいけないかなと思って訊かなかったんですけど、お二人の関係って、先生と秘書ってことだけじゃないですよね？　一緒に住んでいるんだし」

お酒の勢いを少し借りて圭吾くんが軽い調子で訊きました。新倉さんが、苦笑します。

「実はね、僕とみのりは幼馴染みなんですよ」

「幼馴染み？」

「小学校中学校が同じでね」

それからしばらくは離れていたけれども、大人になってから東京で再会して、今はこういう関係だと。

「夫婦じゃないし、まぁ恋人とおおっぴらには言えないけど、ただ、二人とも独身なので一緒に暮らしても何も問題ないし、仕事上のパートナーでもありますよ」

周平さんを見て、何かを言おうとしましたけど止めて、また苦笑しました。

「今書いている仕事が終わればね。もう少しはっきり話せますよ。それに、ひょっとしたらこのままここに住むかもしれない」

「住むんですか？」

ちょっと驚きました。

「いいところですよね。このまま住めればいいなとみのりとも話していたんです。まぁ、仕事がどうなるかでまた東京に戻らなきゃならなくなるかも、ですが」

「そうですか」

「いつ終わりそうなんですか？　仕事は」

私が訊くと、首を少し傾けました。

「いつになるかな。もうしばらくかかると思うんですけどね。明確な締め切りがある仕事でもないので」

もちろん小説ですから、いつまでに書き終わるなんて決められないんでしょうけれど。


「びっくりだね。幼馴染みって」

お二人が帰った後に、圭吾くんが言います。

「そんなの話してくれるなんて思わなかった。でも、幼馴染みってことは、篠崎詠美さんがここを出てからの話かな」

早稲ちゃんの中ではすっかりみのりさんは篠崎詠美さんってことになっています。

「そういうことでしょうね」

「ここで暮らしたいって言っていたね。あれは本心だったろうなぁ」

周平さんが言います。私も、そう思いました。

「何かがあって隠れるように暮らしていても、きっと二人は本当はきちんとした夫婦として表に出たいんじゃないのかな。私はそんなふうに思ったけど、あの二人、本当に愛し合ってる気がする。あ、篠崎詠美さんの演技じゃなければ」

早稲ちゃんが言います。うん、と、皆が頷きました。

本当に、そう見えるのです。

二人が幸せな恋人同士に。

＊

月曜日の朝です。

黒塗りの大きな車が、駐在所の前を走り抜けていきました。まだ朝食を摂《と》る前です。

「あれは」

周平さんが慌てたように飛び出して、行った先を見て、すぐに戻ってきました。

「どうしたの？」

「警察関係の車だと思う」

「警察？」

「同僚の皆さん？」

早稲ちゃんに、いや、と、首を横に振りました。

「どこかはわからない。警視庁かもしれないし、警察庁かもしれない。あるいは、検察庁」

え？　と、早稲ちゃんも圭吾くんも同時に言いました。

「警視庁って、東京の警察の本部でしょ？」

「そうだ」

「警察庁、って何？」

「いちばん有名なのは、公安警察。検察庁はわかるよね。検事総長とかのところだよ」

「ものすごいところだよね。周平さんたちの大ボスも大ボス、三大ボスみたいなところ」

圭吾くんに、周平さんが思わず笑いました。

「正確にはボスではないんだけど、まぁそういう認識でいいと思う。警察官の三大ボスだよ。そのどれかはわからないけど、たぶんその辺の連中だ」

周平さんが、顎に手を当ててました。何かを考えています。真剣に考え始めたときの癖ですよね周平さんの。

「ちょっと待ってね。電話する。圭吾くん、外を見ててくれるかな」

「外？」

「あの車は間違いなくログハウスに行ったから、電話中に戻ってきたら教えて」

「了解」

ダイヤルを回します。すぐに繋がったみたいです。

「バタさん。蓑島です」

バタさん。自宅に掛けたんでしょうか。

「今、どこかのトップの連中がこっちに来ました。そうです。篠崎詠美のところです」

篠崎詠美さんって。バタさんも知っていたんでしょうか。

「やっぱりですか。決まりですか」

周平さんの眉間に皺が寄りました。

「そうなんです。言えなかったけど、こっちに来ていたんですよ」

「周平さん！」

外から圭吾くんの声が聞こえて、皆でそっちを見ました。さっきの黒い車が帰ってきました。

圭吾くんが、慌てたように飛び込んできます。

「みのりさんが乗っていたよ！　後ろに！　間違いない。新倉さんはいなかった！」

周平さんが頷きました。

「今、連行されていきました。はい、また後で」

電話を切ります。溜息をついて、少し考えるように下を向きました。

「早稲ちゃん、圭吾くん。騒がないでね。ちょっとログハウスに行ってくるから二人で留守番していて。花さんは一緒に行こう」

「私も？」

「後で確認できるように、複数で行く。二人には後で説明するから待ってて」

早稲ちゃんと圭吾くんが、真剣な面持ちで頷きました。


新倉さんが、一人ログハウスにいました。

テーブルに座って、煙草を吸っています。周平さんと私が入ってきたのを見て、煙草を灰皿に置き立ち上がって、そしてゆっくりと敬礼をしました。

周平さんにです。

「公安部の新倉だ」

周平さんも、敬礼を返しました。

「やはり、警察官だったんですね」

警察官。それも公安の。

新倉さんが。

苦笑して、頷きます。

「わかっていたかな。同じ匂いがするよな警察の人間は」

「何となくですけどね。小説家ではないな、と思っていました。偽名ではないんですね」

首を横に振ります。

「本名だ。ついでに言うと、小説家は兄だ」

「お兄さん？」

「宮小路琢磨《みやこうじたくま》というペンネームだ。いろいろ話したのは兄の小説だよ。どこかで見かけたら読んでくれ」

名前は知っていますが読んだことはありませんでした。それで小説家という嘘をついたのですか。

「彼女、みのりは偽名だ。もうわかっているよな？」

「篠崎詠美さんですね？」

小さく頷き、それから、座って話そうと手で示すので、私も周平さんもテーブルにつきました。

「あなたは、彼女の、姿をくらました篠崎詠美さんの護衛ですか」

「護衛だな。一応は。大して複雑な話じゃない。次期総理とも言われていた政治家の霜貝《しもがい》は知ってるよな」

もちろん、と周平さんが頷きます。

「霜貝雄二郎《ゆうじろう》。大物ですよね」

「その霜貝が、今回の収賄疑惑の黒幕として逮捕されるってさ。もう間もなくだろう」

収賄疑惑。

あのとんでもなく大きな事件の。

「篠崎詠美は、その霜貝の収賄の証拠を握っていた。取引の現場の目撃者だ」

「女優である彼女が、どうしてそんなことに」

「愛人だったからだ」

愛人。

新倉さんの顔が、歪みます。

「篠崎詠美は、長年霜貝雄二郎の愛人だった。望んだわけじゃなく、芸能界の闇ってやつだ。それで、彼女は目撃者になってしまった」

周平さんが眼を細めました。

「それじゃあ、マリファナ疑惑で彼女の名前が出たのはおかしいですよね。何か裏でかけ引きがあったってことですか」

「そうだろうな。現職の総理か次期総理かの策だろう。あれだけの大きな汚職事件で誰がケツを拭けばダメージを最小限にできるかって話だ。その中に、彼女が巻き込まれた。霜貝の愛人だったというだけでな」

かけ引きの結果。

周平さんが唇を歪めました。

「本ボシは、現職の総理、曽田《そだ》だったかもしれないのに、警察や政府筋は霜貝にした、と。昨日の日曜日、どこかから篠崎さんに電話があったそうですけど、その件ですか。彼女が何もかも話せば、マリファナ疑惑もきれいさっぱり消えて、彼女は女優として復帰できるっていう話ですか。取引をしたんですか」

煙草を深く吸って、新倉さんが頷きながら、煙を吐きました。

「霜貝の逮捕で何もかも消える。この煙みたいにな。彼女が霜貝の愛人だったことも、収賄の証拠を彼女が持っていたことも、マリファナをやっていたことも何もかもだ。すべてが壁の中に持っていかれて、二度と誰かに知られることもない」

「彼女がそれを選んだんですね？　ここに残るのではなく、芸能界へ戻ると」

「そういうことだ」

別れたということですか。

篠崎さんは、新倉さんとの暮らしよりも、女優に戻ることを望んであの車に乗って帰っていった。

新倉さんが、私と周平さんを見ました。

「もちろん、これは俺の妄想だ。何の証拠もない。そもそも篠崎詠美なんていう女がここにいたこともない。もしも、誰かがそれを駐在所のお巡りさんに確認しに来ても、村の平和を守るお巡りさんは言うんだ」

「『馬鹿な。そんな有名な女優さんが、こんな田舎に来ちゃったらすぐにわかりますよ』、と僕は笑って言うんでしょうね。そうして、駐在所でお茶の一杯でも出して、何だったらここの美味しい果物でもお土産に持たせて帰す」

「そうだ」

新倉さんが、小さく頷きました。

「それでこそ、人々の安全を守る正しきお巡りさんだ」

「あの」

つい、口を出してしまいました。

「お二人が幼馴染みというのも、嘘ですか？」

少し眼を大きくさせて、新倉さんは私に向かって微笑みました。

「それは、本当ですよ花さん。私と彼女は間違いなく家も近所の幼馴染みでした。再会したのは、五年ほど前です」

五年前。

「その再会した幼馴染みが、こうしてここで一緒にいたというのは、命令であったはずがないですね？　警察は、事件において私情を挟む可能性は徹底的に排除します。ましてや政治的な事件においては」

周平さんが言いました。

新倉さんが、頷きます。

「俺は辞表を提出してある」

辞表。

「たぶん、もう一般人だよ。いや一日二日の猶予はあるかな」

辞表を提出して、篠崎さんと一緒にここに隠れていた。

でも、警察上層部の人はここに来ました。さっきの話では電話連絡もあったのです。

それはつまり、何もかもを想定しながらも、彼女を自分自身の手で、身体で、守るためだけだったのでしょうか。

新倉さんは、すべてを捨てて、彼女と生きるつもりだった。

でも、彼女の捨てられないものを守るつもりでもいた。

そういうことだったのでしょうか。

「これから、どうするんですか」

周平さんが訊きました。

「どうって」

新倉さんは、小さく息を吐きます。

「まずは、ここの支払いを済ます。それで出て行って、後はどこかで生きていくだけさ。

泥水や煮え湯を飲まされることには慣れてるからな。どこかの、元刑事の駐在所のお巡りさんと同じで」

それは。

「僕を知っていたんですか？」

「もちろん会ったことはなかったけどな。ハマにいる優秀な刑事の情報は入っていたよ蓑島刑事。会えて嬉しかったよ。それも、本当だ」

新倉さんが、笑いました。


周平さんは、早稲ちゃんと圭吾くんには、何も言いませんでした。

ただ、全部が終わったんだよ、と伝えました。約束通り、あの二人のことは誰にも言わないままで、と。

納得できないだろうけど、いちばん苦しんだのはあの二人なのだから、と。

わからないことが多すぎます。でも、わかっているのは、再会したあの二人がずっと愛を育んでいたことだと周平さんは言いました。

その愛を捨ててまで、篠崎さんには戻りたいところがあり、その愛を諦めてまで、新倉さんには守りたい人がいた。

そういうことなんだろう、と。

〈雉子宮の人が、誰も知らないままにやってきて、去っていった二人がいました。

とても大きなものを抱えてしまって、それを捨て去って、それでも生きていくと決めた二人です。私たちはその二人の運命に少し巻き込まれてしまっただけで、何かを失ったわけでもありません。

ただ、二人のこれからの人生に幸あれと祈ることしかできませんでした。〉

# 夏 日曜日の幽霊は、放浪者

〈昭和五十二年八月七日　日曜日。

生きることの意味などという哲学的な、あるいは文学的なことは、医師である私はあまり考えたことはありません。

生命は、生き物だからそこにあるものです。その精密でまさしく神の御業《みわざ》のようなものを理解し、修理修復するために医者はいるのです。身も蓋もない言い方ですけれど、多くの医師はそうだと思います。

命はそこにある。生きていくために、存在している。その存在を守り治すために医師という職業があり、自分たちはそれを選んだのだと。

だから、私自身は自らその命を絶つという思いに囚《とら》われたことなどありません。どうしてこの素晴らしい生命というものを、自分の命を消そうなどと思うのか理解に苦しむところがあります。

生きたくても、病に倒れ医学の力も及ばず死んでいってしまう人がいます。突然の事故で人生を消されてしまった人もいます。そういう人たちを私たちはたくさん見てきました。どんなにか無念だったろうと。そこに至る前に命の輝きを取り戻すことができなかった自分たちの知識のなさ、技術の未熟さ、医療の限界を思い知らされ、それこそ無念さに唇を噛《か》みしめることなど、大袈裟に言えば日常茶飯事でした。

医師は、そこに囚われては前に進めません。少しでも生命の輝きを取り戻すために、人間の身体を学び、治療の技術を高め、磨き続けるのです。

ですから、自殺をしようとする人の気持ちなど、正直理解したくもありません。

医師として、そして患者だった人間として、生きるのが苦しくなること、死んだ方がましと思ってしまうことが世の中にたくさんあることは、わかります。

でも、生きてさえいれば、何とかなるのです。〉

梅雨《つゆ》が明けたと思ったらとんでもない暑さの日が続いています。天気予報では例年にないほどの暑い夏になっていくのだとか。

毎晩のように寝苦しい夜が続いていて、ミルやヨネやクロ、チビたち犬猫もそうとう寝苦しいようで、涼しいところを探して夜中もうろうろしているみたいです。

それで夜中に眼が覚めてしまって、それとなく観察していると、どうも犬より猫の方がうろうろすることが多いみたいですね。

ご遺体よりも寝相がいいと以前の同僚の皆さんに言われていた周平さんも、さすがにこの寝苦しさに寝相は乱れているかと思いきや、お腹の辺りにタオルケットを掛けただけの寝姿は、朝になってもまったく乱れていません。さすがに大丈夫かしらこの人と、息をしているかどうか確かめちゃったりします。

でも、夏の朝は気持ち良いです。

寝汗で身体がねとねとしていても、水道ではなく、夏でも冷たい井戸水を汲み上げて顔を洗って濡れタオルで身体を拭くと、スッキリします。

この駐在所の辺りは山から川へ風が通り抜けるところでもあるので、昼日中はともかく、朝吹き抜ける風は爽やかで、それだけで夏の朝が好きになります。圭吾くんが全室網戸を作ってくれて本当に良かったなぁと思います。

これで網戸がなかったら、夏の虫たちも入り放題になってしまいますからね。網戸のなかった大昔はいったいどうやって過ごしていたんだろうと今さらのように心配してしまいます。

「おはよう」

「おはよう早稲ちゃん」

私とほとんど同じ時間に起きてくる早稲ちゃん。今日の朝ご飯もトーストです。夏の朝にご飯を炊いてしまうと残ったご飯は冷蔵庫に入れても美味しくなくなってしまいますから、涼しくなるまでトーストやサンドイッチと決めてしまいました。

その代わりに、早稲ちゃんと二人でたくさんのジャムを作りました。無花果《いちじく》ジャムに桃のジャムも作り方を本で読んで作ってみました。ちょうど駐在所の〈図書室〉に子供向けのお料理の本も置いてあったのです。子供向けといってもちゃんとした料理の本なので、しっかりお勉強できました。

「おはよう」

「おはよう」

朝ご飯の準備が出来上がる頃には、圭吾くんと周平さんも顔を洗ってさっぱりしてから、台所のテーブルにやってきます。

トーストと、中にトマトを入れたオムレツ。厚切りのハムは焼いただけ。いただいていたキャベツとピーマンに人参《にんじん》を加えベーコンと一緒に炒《いた》めた野菜炒め。レタスを洗って千切っただけのサラダには枝豆と一緒にマヨネーズをかけて。それから牛乳とコーヒー。早稲ちゃんは冷たい牛乳を飲むとお腹がゴロゴロいうので、温めたホットミルクで。

「ここに来た頃には、床に座って箱膳《はこぜん》で食べていたよなぁ」

「そうよね」

「箱膳もたまにはいいけど、やっぱり椅子に座らないとね」

圭吾くんが言います。

「あれでしょう？　日本人の体格が変わってきて足が長くなってきたのも、昔の床に座る風習から椅子に座るようになったからって話なんでしょう？」

「あ、そうかもね」

頷いてしまいました。

「花さんお医者様なのに」

「いくら医者でもそういうのは遺伝学とかそっちの研究の方なので。でも、間違いなく頷ける話ね」

日本人が椅子に座るようになったのは明治の頃からでしょうか。

「でも、その前から背の高い足の長い人はいたわけでしょ？　周平さんみたいにさ」

「周平さんは本当に大きいものね」

周平さんの身長は警察に入った当時で一八三センチ。今はもう少し伸びたんじゃないかって言われています。

「大きいのは遺伝だね。親父も大きかったし」

「私が小さいのも遺伝よ。うちは父も母も小さいの」

それはばっかりはどうしようもありません。

「二人に子供ができたら、どっちに似るんだろうね」

圭吾くんが少し笑いながら言います。

「どっちだろうね。それを言うなら圭吾くんと早稲ちゃんの子供はどっちに似ても可愛くなるね」

「そうよ。アイドルとか目指せるかも」

圭吾くんが何言ってるのと恥ずかしそうに笑います。でも本当にです。圭吾くんも早稲ちゃんも身長こそ普通ですけれど、顔はとっても可愛らしいのです。

「言われるでしょう？　花さんも周平さんも」

「そうだね」

言われることがあります。親たちに。孫の顔はまだかしらと。

「いずれはって思ってるけれどね。これぱっかりは授かりものだし」

「出来た途端にどこかへ移るっていうのも困るしね」

悩むというほどでもないですけれど、小学校の子供たちの登校を見守っているときなんかに、ふと考えたりもします。

＊

早稲ちゃんが神社に行って、圭吾くんは山小屋へ。そして周平さんは自転車でパトロールに出掛けます。

圭吾くんと山小屋へ一緒に行ってそして自分で帰ってくるようになったミルは、近頃は自転車のときには周平さんと一緒にパトロールするようになりました。村のほとんど全部を回りますから、自分で勝手に帰ってくるよりは楽しいみたいで、ここのところはずっとそうしています。

周平さんがバイクやジープで出掛けるときにはとても不満そうにしています。さすがに犬とはいえ、ずっとバイクや車の後を追って走るのは無理ですからね。

最近知って意外だったのは、雉子宮で犬を飼っている家はけっこう少なかったことです。

周平さんも犬の調査まではきちんとしていなかったので、ミルを飼うようになってから気づいたそうです。ほとんどが農家なので猫が住み着いているところはとても多いのですが、犬はそんなにいないとか。他の農村がどうなのかはわかりませんけれど。

「朝から暑いわー」

今日も気温が上がりそうです。お掃除をしているだけで汗が噴き出してきます。夏は暑いからいいのですけれど、外回りが多い周平さんや圭吾くんの夏バテが心配ですね。お昼ご飯もそうめんとかで済ませないで、しっかりと栄養の摂れるものにしないと。

電話が鳴りました。

「はい、雉子宮駐在所です」

(花さん、圭吾です)

「あら、どうしたの?」

(周平さんがパトロールから帰ってきたら電話ください。ちょっと話があるので、駐在所に戻りますから)

何かあったんでしょうか。

「無線で呼ぶ?」

(いや、そんなことしないで大丈夫です)

「はい、わかりました。きっとあと十五分かそこらで帰ってくると思うから、戻ったらすぐ電話するわね」

（お願いします）

きっと山の中で何かあったんですね。急ぎではないですけど、周平さんと一緒に出掛けたいってことだと思います。

山の中で起こることは、ほとんど〈雉子宮山小屋〉を管理している富田さんと圭吾くんが立ち会ったり、調べたりします。夏の間は登山客もそれなりにいるので、毎日忙しくしていますよね。


周平さんがミルと一緒に戻ってきました。

もう汗だくです。それはわかっていたので、着替えのシャツは用意してあります。一緒に散歩していたミルはお水の皿に直行ですね。美味しそうにたくさん飲んでいます。

「圭吾くんが話があるんですって」

「圭吾くんが？」

「戻ったら電話ほしいって。すぐに帰ってくるって言っていたから、電話するね。汗拭いてきて」

「わかった」

戻りましたよ、と圭吾くんに電話すると、本当にすぐに帰ってきました。早稲ちゃんも一緒でしたけど、それはたまたまでした。

早稲ちゃんは特に仕事がないときにはすぐに帰ってくるんですよね。神社にいるよりも駐在所にいることの方が多いです。

「おかえり」

周平さんがそう言って、頭をタオルで拭きながら戻ってきました。頭から水を浴びたんですね。

「山で何かあった？」

訊くと、圭吾くん上がり口に座りながら頷きます。

「昨日の夜に、狐火《きつねび》を見たっていう連絡が入ったんですよ」

「狐火？」

「狐火？」

思わず周平さんも私も早稲ちゃんも同時に繰り返してしまいました。

「うん」

圭吾くんが少し顔を顰めながら頷きます。

「狐火、ってあれかしら。小さな炎のようなものがたくさん並んで歩いていくような」

日本に古くから伝わる妖怪とか、怪異とかそういう話ですよね。狐が人間を騙すとかそういう類の話です。

「そうだよね。それが狐火だよね」

「山の中に、そういう炎が見えたってこと？」

周平さんが言います。

「そうらしいんだ。昨日の夜なんだ。菅沢《すがざわ》さんとか田村《たむら》さんとか、伏古《ふしふる》の方の人たちがさ、集まって飲んでいて、その帰りに田圃の畦道《あぜみち》を歩いていたら、三沢山《みさわやま》の方角で見えたんだって」

「三沢山ですか」

伏古というのはあの辺りの古い呼び名ですね。三沢山はちょうどその正面です。

「あぁ」

早稲ちゃんがポンと手を叩きます。

「三沢山の百合《ゆり》が原《はら》辺りには昔から狐の話が残ってるわ。父さんから聞いてる」

「へぇ」

狐の話ですか。

「その昔だけれどもね。山の中だから狸に化かされたの狐に騙されたのとかっていう日本の民話的な話はこの辺りにもよくあって、その中でも百合が原って呼ばれていたあの辺には狐が多くて、狐の嫁入りがあったとか、それこそ狐火だとか、狐が山を下りてきて農家に上がり込んで家族に化けたとか、そういう話は伝わってる」

「そうか、神社だからね。狐とは縁が深いのか」

周平さんが言うと、早稲ちゃんが頷きます。

「縁があるのは確かだけれど、うちは全然狐とは関係なくてね。単純にこの辺にはそういう話が残っていて、それを代々の神職が書き残していったって話ね」

それは知りませんでしたけど、楽しそうな話です。

「そういうのって、本とかになっているの？」

うん、って早稲ちゃん頷きます。

「代々の神主が書き継いできたものがね。とても私には読めないんだけど。あ、今はそんなことしないけれども、お父さんは日記を書いているから、その中にいろいろ残しているかも、神社にまつわるそういう話を」

神社とかお寺にはそういうものがよく残っていますよね。

「だから、お年寄りの皆さんはそういうのをよく知っているし、狐火を見たって言うのもそんなに違和感はないかも」

「なるほどね」

周平さんも頷きます。

「菅沢さんと田村さんか。おかしなことを言って騒ぐ人じゃないよね」

「そうだと思う」

圭吾くんが頷きます。私はお二人のことはよくは知りませんが、圭吾くんは消防団でも一緒だったと思います。

「酒も強いしね。ちょっとやそっとじゃ酔わないから、確かに山の中に灯《とも》った火を見たんだと思うんだ。狐火だったかどうかはともかく」

「そうだね」

「狐火じゃないとしたら、火って」

言うと、そうだね、って周平さんが頷きます。

「誰かが山の中で火を焚《た》いたって可能性もあるし、あるいはライトで照らしていたってこともある。三沢山の方なら途中まで車で行けるね。一応、パトロールしてみようか」

「そうしてもらえるかな。僕も行くから」

「よし、すぐ行ってみよう」

田圃で藁《わら》を焼いたりすることはありますし、河原で焚き火をしたりすることはあります。でも、山の中での焚き火は山火事になるおそれがありますので、基本的には許可を取らなければならない禁止事項になっています。

〈雉子宮山小屋〉を通じて登山に向かう人たちはそんなことはしないとは思いますが、山の中にはどこからでも入っていけます。山向こうの日置町《ひおきちょう》からこっちに入ってくる登山道だってあります。

山の管理というのは本当に大変な仕事だなぁと、ここに来てよく思います。

ジープに乗り込んで走っていく二人を早稲ちゃんと見送りました。

「狐火かぁ」

早稲ちゃんが山の方を見て、呟きます。

「前もそんな話は出たことある？」

少し考えて、うん、と頷きます。

「まだ私が小学生の頃だけどね。圭吾くんも知ってると思う。夏になるとね、そこの中瀬川でよく子供たちは水遊びしてるでしょう？」

「うん」

浅い川です。少し上流は石でダムみたいに組んであって、子供が遊ぶのにいい深さになっていて、飛び込んだりもしています。水は川底が見えるほどに透き通っていて、本当に気持ち良さそうで、思わず一緒に飛び込みたくなるぐらいです。

「時々ね、全然知らない子が一緒に遊んでいたりするの。それは、たとえば遠くの親戚の子が遊びに来ていたり、大人が山登りに連れてきた子供だったりするからよくあることなんだけどね」

「子供。じゃあ、その子はいつの間にかいなくなっていたり？」

「そう。ふっと見ると川沿いの道に狐火みたいな炎が、すーっと山の方に走っていったりね。そういうのは、毎年ってほどでもないけれど、たまに聞く話」

お盆も近いしね、って早稲ちゃんが続けます。

「ずっと昔には、山や川で子供が亡くなった話も多かったって言うし、貧しくなって一家で死んでしまった話もあったって言うからね」

「神社の巫女さんだけど、そういうのは信じる？」

「まぁ、何となくね」

私もです。医師ですから人間の魂とか、幽霊とか、霊魂とか、医学的に検証されていないものを信じることはありませんし、仏教徒でもないですけれど。

お盆にはお墓参りも行きます。先祖の皆さんに手を合わせることもします。

お昼前にはジープが戻ってきました。ミルが必ず出迎えます。猫たちは基本的には何かが来たな、と顔を向けるぐらいで何もしません。

早稲ちゃんと二人でお昼ご飯の親子丼の準備をしていました。

「ただいま」

「おかえりなさい。どうでしたか？」

うん、と、少し疲れた様子で周平さんも圭吾くんも頷きます。

「特に何もなかった」

「そうですか」

「とはいってもね。山の中全部を回れるわけでもないからね」

確かにそうです。たくさんの人を集めて山狩りの態勢でも取らなければ、広範囲を調べることはできませんし、そうやってもとても全部は調べられません。

「まぁ、登山道や、狐火を見た辺りにはこれといって異常もなかったし、焚き火の跡もなかったよ」

「煙が上がっている様子もないしね」

圭吾くんも言います。

「とりあえずは、これ以上は何もできないかな」

近隣の町や村からも、山に不審者や犯罪者が逃げ込んだという連絡はありません。

「ただ、記録はしておかないとね。念のために菅沢さんと田村さんに話を聞いてきたけれど、少なくとも山の中に火を見たというのは事実だろうから」

「やっぱりそうなのね」

人がやったものではなく、自然現象で炎のように見える何かはきっとあるのでしょう。そうでなければ、大昔から伝わる狐火とか、人魂《ひとだま》とか、火のようなものの話が伝承されては来ないでしょうから。

＊

一昨日、昨日に続いて今日も雲ひとつないお天気で、そして暑いです。洗濯物が増える夏にお天気なのは、主婦にとっては洗濯物がよく乾くし嬉しいことですが、農家の皆さんにとっては梅雨が明けたからといって雨が少しも降らないのはちょっと心配ですよね。いつもほどほどに雨が降ってほどほどに晴れてくれれば皆が安心して暮らしていけるんですけれど。

夕方四時過ぎになって、少し陽射しも柔らかくなってきて、そろそろ晩ご飯の支度を考えなきゃと思っていた頃に、ふと窓の外を見ると、神社の階段を早稲ちゃんと清澄さん、それに昭憲さんが連れ立って下りてくるのが見えました。

「三人揃っているわね」

「うん？」

机で書類仕事をしていた周平さんも振り返って窓の外を見ます。

「昭憲さんもか。何かの打ち合わせでもあったのかな」

「夏祭りとかかしら」

「どうだろうね」

お盆の時期に夏祭りがあるのです。虫祓《むしはら》いとも言うそうですが、神社で篝火《かがりび》を焚いて松明《たいまつ》に灯し、それを子供たちが持って練り歩いたりします。他にも山車《だし》が出たり、出店もあります。

昔は神社の境内を使ってやっていたそうですが、近頃はあの階段を上り下りするのも大変だということで、地域の活性化も狙って小学校の校庭を使って山車の準備をしたりもします。確かに、いくら農業で鍛えた男性陣でも、あの階段を山車を担いで上り下りするのは大変です。

三人が何かを話しながら、駐在所まで来ました。

「邪魔するよ」

清澄さん、昭憲さんが入ってきました。

「花さん、西瓜《すいか》貰ってきた。冷やしておくね」

「あら」

立派な西瓜です。

「今、切りましょうか？」

「いやいや、私らはもういただいた。後で皆で食べなさい」

晩ご飯のときにいただきましょうか。昭憲さん、清澄さんが、周平さんに話があるみたいで、ソファによっこらしょ、と腰掛けます。

「忙しいときにすまんけどな」

「いえいえ、暇ですよ。暇という言葉は悪いですけれど」

皆で笑います。

「村の駐在所が暇なのは、いいことだ。何だったら日がな一日駐在さんが釣りをしているのがいちばん良い」

「確かにな。坊主だってそうだ。何にもすることないというのは皆が長生きしてるいうことでな」

「そうですね」

そうだったら本当にいいんですけれど。冷蔵庫で冷やしておいた麦茶を皆に出します。

「すまんね。それでな、周平くんな」

「はい」

清澄さんが昭憲さんを見ます。

「昨日の夜にな、昭憲はちょいと妙なことを頼まれてな」

「妙なこと」

昭憲さんが軽く手を上げました。

「いや、経を上げに行ってな。それは坊主としてはなぁんも妙ではないんだけどね」

そう言って、窓の向こうを指差しました。

「少し遠いが、うちの寺の奥に三本松《さんぼんまつ》があるだろう。わからんかな、ほとんど山裾のところだ」

「三本松ですか」

少し考えて周平さんが頷きます。

三本松というのは昔の呼び方ですね。雉子宮と名前が決まる前、それこそ江戸時代の頃の地名みたいなものがこの辺には多く残っています。住所としてはどこもかしこも〈雉子宮〉なのですが、昔から住んでいる人たちは、自分たちの住んでいるところをそういう昔の呼び名で言いあうことも多いのです。

「お寺の向こうの三本松なら、溜池《ためいけ》のある付近ですね」

そうそう、と、昭憲さんが頷きます。

「一昨日、寺に電話が掛かってきてな。丹波《たんば》のじいさんからだ。あそこに蒲原《かんばら》という家があってな。もう二十年近く誰も住んでないんでそのままになってる。まぁ寺が預かっているところなんだが、その家の中に火が灯ったのを見たと言ってきてな」

「火、ですか」

思わず周平さんと顔を見合わせてしまいました。西瓜を冷やしてきて戻ってきた早稲ちゃんも私を見ました。一緒に来たけど、まだ話は聞いていなかったのですね。

「それは、火事とかではなく、ですね」

昭憲さん頷きます。

「家の中で誰かが灯《あかり》を点けたんじゃないか、となあ。しかしその蒲原んちは電気も通ってない。そりゃおかしな話だな、と私も身体が空《あ》いとったんで、丹波のじいさんと待ち合わせて、家の中に入ってみたんだが」

「その家は定期的に掃除をしたりとかは」

ぶんぶん、と、昭憲さんは右手を振ります。

「なんにもしとらん。それこそいちばん近くの丹波のじいさんばあさんが、気づいたときに風を通したり、掃除をしたりはしてるがな」

「じゃあ、廃屋というふうにはなっていないんですね？」

「そうだな。荒れてはいるがまだまだ人が住める家だ。昔の造りのままの家だから、風さえ通しときゃあそうそう荒れ果てたりはしない。それでな」

くい、と、麦茶を飲んで昭憲さんが続けます。

「特に何にもおかしなところはなかった。誰かが火を使ったような跡もな。まぁ見間違いか何かかと思って帰ったんだが、夜にまた電話があってな」

「何かあったんですね？」

昭憲さんが、むぅ、と唇を歪めました。

「子供の影が家から出て山に向かって走っていった、と。ぼう、と蛍のように光っていたともな。丹波のじいさんが言うんだこれが」

「子供の影」

それは、何でしょうか。清澄さんが、小さく頷きました。

「実は、蒲原の家では、子供が死んでいてな」

「いつですか」

周平さんが訊きました。

「もう三十年も前になるかな。丹波のじいさんはよく覚えているし、私や昭憲もよく知っている。道明《みちあき》っていってな。聡明《そうめい》な可愛らしい男の子だったよ」

三十年前ですか。それなら、昭憲さんも清澄さんもまだ若者の頃ですね。

「可哀相な子でな。おっ母さんが早くに亡くなってしまって、じいさんばあさんと父親の暮らしだったがな。どうにも皆が病弱で、暮らしはかなり貧しかったと聞いてる」

昭憲さんも頷きました。

「丹波のじいさんも、当時はよく野良仕事を助けてやっていたそうだ。ある日山の中に、山菜や何かでも採りにいったのか、道明が帰ってこなくてな。探しに行ったら、死んでいたそうだ」

「死因は」

思わず訊いてしまいました。

清澄さんが、首を横に振ります。

「木から落ちたか、斜面を転げ落ちたか、首の骨を折っていたそうだ」

「葬式は、先代が出したよ。私も覚えとる」

昭憲さんが手を合わせました。

「それでな、私も細かいことは忘れてたが、丹波のじいさんに言われて調べたら、昨日がその道明の命日でな」

早稲ちゃんが思わず口に手を当てました。

「じゃあ」

周平さんが言うと、昭憲さん頷きます。

「この時期にそんなものを見たのも、ひょっとしたら何かのあれで帰ってきたのかな、とな。私も昨日の昼に改めて蒲原の家に行って、読経してきた。何も心残さず、帰ってきたんならまたお戻りくださいとな」

昭憲さんがまた手を合わせて念仏を唱えるので、私も周平さんも思わず手を合わせてしまいました。

そんな哀《かな》しい出来事があったのですね。

「と、まぁここまでは昨日の話だったんだがな」

清澄さんが続けました。

「実は、私のところにも、その三本松辺りで夜中に走り回っている変な影を見たという話が来てな」

「子供の影ですか」

私が訊くと、清澄さんが首を横に振りました。

「それが、大人の男だ。しかも髪の長い、この辺の人間ではないんじゃないかと。ここら辺りで髪の毛を伸ばした長髪の男なんぞいないんでな」

確かに、そうです。

「不審者、ですか」

「かもしれん」

清澄さんも昭憲さんも頷きます。

「子供の影の話は、まぁ昭憲の読経で済ますとしても、不審な男となると、ひょっとしたら全部繋がっとるんじゃないかと。これは一度周平くんに、蒲原の家を改めて調べてもらった方がいいんじゃないかと思うてな」

周平さん、頷きました。

「そうしましょう。まだ陽は落ちませんから、今から行ってきます」

「じゃあ、私が案内しよう。バイクで来てるから、後ろからついてきてくれ」

周平さんが立ち上がりました。

「花さんも行ってきていいよ。私、留守番してるから」

早稲ちゃんが言います。

「そうだね。仮に、子供の影が、お盆の話じゃなくて実際の人間の話だったら、怪我とかそういうのもあるかもしれないし、後から確認しなくても済む」

「そうね」

駐在所で暮らす妻は、常に夫である駐在と情報を共にしていなければなりません。そうしないと、いざというときの対処が遅れるからです。

「行きましょう」

念のために、救急セットも持って。

*

三本松のかつての蒲原さんのお家は、立派な茅葺《かやぶ》き屋根の家でした。これは確かに人が住まなくなっても、きちんと風を通して掃除をしておけば長い間持つと言われてもそんな気がします。

「やっぱりこういう家は、最近の家より長持ちするんでしょうかね」

私が言うと、昭憲さんが頷きます。

「使っているものが結局は天然自然のものばかりだからな。下手に今の何とか材とか塗料とか、そんなもんより雨風に馴染むんだろうな。うちの寺だって、もう百年二百年経って何にも手入れはしてないが、あの通り立派に建っとる」

「そうなんでしょうね」

それでも、木だけでできている玄関の引き戸はさすがに古く、開けるのに苦労しました。

「まず、雨戸を全部開けましょう」

余計な足跡を付けないように、光を入れます。周平さんが、入るのを待ってください、と手で示します。

じっくりと、観察しています。いくら風を通してたまに掃除をしているとはいっても、埃《ほこり》はあちこちにけっこう積もっています。足跡がうっすらと残っているのは私にもわかります。

「最近入ったのは昭憲さんと丹波さんだけですね？」

「そうだな」

「読経はどこで」

「ほれ、その居間の奥の仏間だ。仏間と言ってももう仏壇も何もないが、入れるところだけは残ってる」

なるほど、と、周平さん頷きます。

「玄関と、居間と、仏間。その他にお二人が見て回ったところはありますか？」

「いや、それだけだな。何も変わったところはなかったんでな」

「じゃあ、ちょっと待っててください。終わったら呼びますから。花さん、家の周りをぐるっと回って、足跡とかそういうものを確認してくれるかな」

「わかりました」

周平さんが家の中に入っていって、私は腰をかがめながら家の周りを見ていきます。昭憲さんも私の後ろをついてきました。

「ここんところは雨も降ってないし、足跡もつかないだろう」

「そうでしょうね」

そもそも家の周りも草がたくさん生えていて、足跡どころではありません。でも、周平さんにちゃんと教えてもらっています。

草は、何かが通れば倒れるのです。一度倒れた草は、そう簡単には通常の状態には戻りません。そこを、見ていきます。

（あった）

裏口のところです。草が倒れています。

しかも、続いています。

（これは）

確かに人が通った跡です。動物じゃありません。

「昭憲さん、こっちの裏口は通りましたか？」

「いいや、来てないな」

「じゃあ、最近誰かが通ったんですね」

「跡があったか？」

「草が踏まれています」

昭憲さんも見て、頷きました。

「確かにな」

一人のようです。少なくとも複数の人間が歩き回った感じではありません。

またじっくりと見て回りましたが、それ以外におかしなものはありませんでした。縁側に回って声を掛けます。

「周平さん」

「入ってきていいよ」

台所の方で声がしました。土間に竈《かまど》がある本当に古い造りの家ですけれど、その横に板の間の台所がありました。

周平さんが流し場を見ています。

「何かあった？」

「足跡があったわ。草を踏んだ跡があるの。明らかに大人一人のものだと思う。子供ではないわ」

「山の方に向かっていた?」

「だろうな。あるいは来たか、だな」

昭憲さんが言うと、周平さんが首を捻りました。

「子供の分はなかった?」

「なかったわね。少なくとも見つけられなかった。たくさんの人数ってわけでもないわ。どう見ても一人分」

「そうか」

そこで、匂いに気づきました。

「何か、匂う?」

「うん」

ほら、と周平さんが示すので流し場を覗《のぞ》き込《こ》むと、魚の骨がありました。

「お魚」

「明らかに、焼き魚を食べた跡だね。きれいに食べている。狐や猫がこんなふうに食べたらテレビに出れるかもしれない」

「岩魚《いわな》、か?」

昭憲さんも見て言います。

「でしょうかね。僕は詳しくないのでわかりませんけれど、匂いからしてつい最近、ほんの一日二日の間でしょう。この暑さだとすぐに腐ってしまいますけど、まだ腐臭もしていないし、完全に乾いてもいない部分もあります」

「じゃあ、誰かがここで魚を焼いて食べたってこと？　どうやって？　ガスも何もないのに」

「そこに」

周平さんが指差すところに、七輪《しちりん》がありました。

「炭があったんだろうね。いつからあった炭なのかわからないけれど、炭は腐らないし湿らない限りは火は点く。燃え草は枯れ草や枯れ枝で何とかなるし、ひょっとしたら襖《ふすま》の紙を破っても作れる」

「目撃証言のあった髪の長い男がここで食事をしていったという可能性はありますね」

「そういうことか」

昭憲さんが、頭をぴしゃりと叩きます。

「蒲原の身内はまったくいないと聞いているし、いたとしてもここに入るんだったら私のところに挨拶はあるはず。ってことは、こりゃあ、なんかの犯罪になるのか？」

どうでしょうね、と、周平さんが答えます。

「確かに不法侵入にはなりますけれど、既に何十年もの間無人の家に入ったところで誰にも迷惑を掛けていません。破壊行動もしていません。ちょっと汚したぐらいじゃ猫や狐が入り込んだのとそうは変わらないでしょう。仮に見つかったとしても、厳重注意で帰すでしょうね」

確かにそうかもしれません。

「ただ、その男がどういう人間か、ですね」

「犯罪者、ってことかしら」

言うと、周平さんは唇を歪めました。

「逃亡者、犯罪者、放浪者。いずれにしても社会の枠組みからはみ出してしまった人間の可能性が高くて、そうなると警察としては動かなきゃならないね」

「子供は、無関係かしら」

「そこがわからない。でも、その髪の長い男と同時に、不可思議な雰囲気ではあるけれど目撃証言があるのだから、一応関連付けて考えなきゃね。そうなると誘拐とか、未成年者略取の可能性も出てくるから」

「その男がどこかの子供を連れている、かい？」

昭憲さんが驚きます。

「そういうことですね。その可能性も考えなきゃなりませんね。そうなると、重大事件ともなってくるけれど」

「どうするの？　山狩りでもするの？」

「いや」

　少し困った顔をします。

「今の段階では、そこまでできないな。何せ目撃証言が少なすぎるし、犯罪が行われている証拠は何もない。状況証拠と言えるものすらないからね。とりあえず、近隣の市町村に子供の行方不明や家出なんかの届け出がないかどうか確認してみるよ。後は」

　外を見ました。

「山を回ってみたいけれど日が暮れてしまうし、雲が出てきているね」

「あら」

　本当です。いい天気だと思っていたんですが、山の方から雨雲が迫っているみたいです。雨が降ってからの山歩きは大変です。大変どころか遭難の危険性も高まります。

「とりあえずは帰りましょう。昭憲さん、また何か目撃情報やおかしな話を聞いたりしたらすぐに電話ください」

「わかった。そうしよう」

*

駐在所に戻って、周平さんはすぐに松宮署に電話を掛けていました。子供の家出や行方不明などを確認するためでしょう。

あれこれと話しながらメモを取っていって電話を切りました。

「どうだったの？」

「うん」

そう言って何かを考えています。

「とりあえず、何も情報はないんだ。だから、動けないね。ちょっと辺りを回ってくるから」

「辺り？」

ジープのキーを手に取って、頷きます。

「あの家に住んでいた蒲原さんのことを知ってる人たちに確認したいことがあるんだ。清澄さんとか他の人たちにも訊いて回ってくる。晩ご飯までには戻ってくるから留守を頼む」

「わかりました。気をつけて」

すぐに出ていってジープに乗り込んで走っていきます。ミルがそれを見送って、早稲ちゃんがミルのその背中を撫《な》でるとじゃれついていきます。

「駐在さんって、楽なようでいて実は大変な仕事だよね」

ミルを撫でながら、早稲ちゃんが言います。

「そう？」

「だって、いくら勤務時間が決まっているとはいってもそれは建前で、二十四時間いつでも駐在さんでしょう？　横浜で刑事やっていた頃は、いくら大変でも何にもしなくていい休みはあったわけでしょ。花さんとデートだってしていたんだし」

確かにそうです。私も、忙しい大学病院の外科医ではありましたけれど、確かに何もしなくていい休みはありました。

「でも、刑事さんも医者もそういう人じゃないと勤まらない職業だから」

人には向き不向きというものがあって、その職業を長く勤められるのは元々そういう資質を持っている人だからだと思います。

「圭吾くんの仕事だって、山とか自然とかが相手でいつ何時どうなるかわからないから二十四時間お仕事みたいなものだしね」

「まぁ、そうだね」

警察官も医者も相手は人間です。ある程度はわかりあえる仲間同士です。でも、山は自然天然。話も通じない相手と対峙《たいじ》する山の仕事は、本当に大変だなぁと思います。

午後六時を過ぎて、辺りが夕闇に包まれようとしています。晩ご飯の支度で早稲ちゃんと台所に立っていたのですが、そろそろ出来上がるのにな、と窓から外を見ました。そろそろ圭吾くんは帰ってくると思うのですが。

「周平さん、遅くない？」

「遅いわね」

晩ご飯までには帰ってくると言っていたので、もう戻ってくるとは思うのですけどまだジープの音は聞こえてきません。

「あっ！」

早稲ちゃんと二人で同時に声を上げてしまいました。

さっきから急に雲が増えて暗くなってきたと思っていたんですけど、光りました。まるで一瞬スポットライトが当たったんじゃないかと思うぐらいの、稲光。

そして雷鳴です。

「わーお！」

早稲ちゃんが思わずそんな声を出してしまったぐらいに、強く大きな雷鳴。

「これは、来るね」

そう言って何秒も経たないうちに、また大きな稲光。そして、地面も震えているんじゃないかと思うほどの、雷鳴。

私も早稲ちゃんもそれほど雷は怖くなくてむしろどことなくワクワクしてしまう方ですけれど、雷が怖い人の気持ちはわかります。大昔の人が、神の怒りと思ったのだって理解できるほどの迫力です。

「天気予報当たったわね」

周平さんが出て行く前に電話で確認したら、この辺では天気が荒れると言っていたんです。

「ただいまー」

圭吾くんの声がしました。基本、山の仕事は雨が降り出すと何もできなくなってしまいます。雨が降ると危険なこともたくさん出てきますし、ましてや雷まで来てるとなると余計に危ないです。

滅多にないことですけど、山の木に雷が落ちて倒れることだってあるのです。

「おかえりなさい。あ、周平さんも帰ってきたよ」

早稲ちゃんの声に外を見ると、ジープが走ってくるのがわかりました。

「ナイスタイミングかもね」

その通りでした。周平さんが駐在所に入ってきてこちらは何事もなかったと報告しているうちに、急にどしゃぶりの雨が降ってきました。

大きな雨粒が屋根に当たって音を立てます。

「すごいな。久しぶりの大雨だね」

周平さんが何か封筒のようなものをポケットから出して、引き出しの中にしまいながら外を見て言います。あっという間に窓から見える景色が、雨に煙《けぶ》ってしまいました。

「ミルの散歩は?」

「大丈夫。もう行ってきたから」

雨でも雪でも犬は散歩に行かなきゃならないですからね。

「もうすぐご飯できるから、着替えてきてね」

支度もできて、二人が戻ってきたときです。

ガタン! と突然玄関で大きな音がして、駐在所の戸が開くと同時に何かが転がるように飛び込んできました。

もう装備は片づけたのに、周平さんが思わず腰に手をやったぐらいに、本当に危険を感じるほどの勢いで。私は熊かイノシシでも飛び込んできたのかと一瞬思いましたが、すぐに違うとわかりました。

人です。

泥だらけでびしょ濡れの男の人が転がるように入り込んできたのです。

「どうしました！」

周平さんも私も、慌てて近寄ります。

まるで池から上がってきたかのような男の人は、こっちを見ます。まったく見知らぬ人です。周平さんも圭吾くんも早稲ちゃんも、誰も名前を呼ばなかったので村の人ではないのでしょう。

「大丈夫ですか?!」

私は、すぐに顔色を見ます。

全身を見ます。

出血は見られません。服は泥だらけで何もかもずぶ濡れですが、どこかが裂けたり破れたりしているわけでもないです。怪我はないようです。

「早稲ちゃん、タオルを取ってきて！」

「はい！」

息が荒いですが、しっかりと呼吸はしています。走ってきたのでしょう。

長髪で、そして細身。明らかに農作業をするような格好はしていません。シャツにスラックスに革靴。街で暮らす人の姿です。

「話せますか？」

訊くと、男の人が、こくこくと頷きます。

「ここは、ちゅう、ざいしょ？」

「そうですよ」

周平さんが優しく言います。

「雉子宮駐在所です。何がありましたか？　どこか怪我はしていませんか？」

男の人は、首を小さく横に振ります。早稲ちゃんがタオルを持ってきてくれました。渡すと自分で顔を拭きます。でも、土間に座り込んだまま動けないみたいです。

脈は速いですが、しっかりしています。大丈夫なのでしょう。顔を拭き終わるとようやく立ち上がろうとしてくれました。

「大丈夫ですか？」

うん、と頷きます。ひどく濡れているので、上がり框にタオルを敷いてそこに座ってと周平さんが言います。

座りながら、男の人は周平さんの腕を摑《つか》みました。

「駐在さんか？」

「そうです」

「助けて、捜してくれないか。子供が」

「子供？」

男の人が、息を整えながら、外を見ました。

「子供が、いるはずなんだ。山の中に。でも、見つからないんだ。どこを捜してもいないんだ」

思わず周平さんと顔を見合わせてしまいました。周平さんの眼が細くなります。

「子供というのは、あなたの子供ですか？」

訊くと、首を横に振ります。

「違うんだ。そこの山の中で会った子供なんだ。信じられないだろうが本当なんだ。山の中にいて、俺を、助けてくれたんだ。助けてくれたのに、どこかへ行っちまって見当たらないんだ。この雨じゃ、いくら夏でも遭難しちまうかもしれない」

「どこですか。山のどの辺で見当たらなくなったのですか」

周平さんが訊くと、わからない、と、困惑したような表情を見せます。

「俺は、この辺のことはまったくわからないんだ」

「どこから来たんですか」

「山に入ったんだ。日置町からだ」

日置町。

それは、山向こうの反対側の町の名前です。

「すると、三沢山ですか」

「わからない。山の名前もわからないんだ」

周平さんが、眼を細めました。

「お名前は？　言えますか？」

「山本だ」

「子供の名前は」

すまなそうな、苦しそうな顔をします。

「わからないんだ。ただ、みっちゃん、とだけ自分で自分を呼んだ」

みっちゃん。

「女の子ですか？」

「男の子だ。まだ小学校の低学年ぐらい」

それは、ひょっとして。

私が訊こうとしたのですが、周平さんがそっと手のひらを私に向けて広げたので、待て、ということかと思い、口を閉じます。

何か、あったのでしょうか。

「山本さん。ひょっとしてその子はこの子じゃないですか？」

周平さんは机の引き出しを開けて封筒を取り出します。さっき帰ってきたときに入れたものでしょう。

封筒から出したのは写真です。

男の子や女の子が数人写っています。お祭りの写真でしょうか。皆が法被《はっぴ》などを着ていますけど。

周平さんが指差した一人の男の子を見て、山本さんの眼が大きくなります。勢い込んで、言います。

「この子だ！　間違いない！」

この子。

写真の子はまったく知りません。見たことありません。そもそも最近撮ったのではなく、とても古い写真に見えますけれど。

周平さんが、山本さんの肩をそっと叩きました。

「それなら、安心してください。この子は、無事です」

「無事？」

思わず私も、早稲ちゃんも圭吾くんも何が無事なのか、その写真はいったい何なのかと声を出すところでした。

でも、周平さんは山本さんに気づかれないように、眼で私たちを止めました。

何も言うな、というような顔でした。早稲ちゃんも圭吾くんも気づいてくれたみたいで、ただ黙って小さく頷きます。

「一昨日です」

そう山本さんに言いながら周平さんは、今度は机の上の本立てから紙挟みを取り出して、何か一枚の書類を自分で見ました。

「山向こうの日置町で子供が行方不明になったそうです。警察や地域の消防団が捜したけれど見つからず、山に入ったのではないかということで捜索していました」

「じゃあ、その子が！」

「そうです。見つかりました。ついさっき、こちらの警察にも、ここにも一報が入りました。みっちゃんと言うのは、道明くんという名前だそうです。もうそろそろ自宅にも戻っているはずですよ」

山本さんが、大きく息を吐きました。

「良かった」

本当に良かった、と、顔に手を当て、また大きく息を吐きます。緊張の糸が切れたように身体から力が抜け、肩が下がります。

「じゃあ、いなくなった後にやっぱりまた山に入っていったんだな。そこで捜索隊が見つけたんだな」

「詳細は、こちらには伝わっていないのでわかりません。でも」

周平さんはそう言って、安心してくださいと続けました。

「多少衰弱はしていましたけど、どこにも怪我はなく、無事だということです。お父さんお母さんにも会えたと思いますよ」

良かった、良かった、と山本さん繰り返します。

「山本さん」

周平さんに呼ばれ顔を上げます。

「一応、もう少し詳しいお話をお聞かせ願えますか？　そのみっちゃんと会った経緯《いきさつ》など、です。こちらとしても、そういう事情のあなたをこうして保護した以上は、詳細を向こうの警察に報告しなければなりませんので」

「あぁ」

少し不安そうな顔をします。

「いえ、別に事情聴取とか尋問とかそういうのではないですよ。安心してください。あなたはただ山の中で子供と会って、少し行動を共にしただけですよね？」

「そうなんだ」

「その辺の話をまとめて報告するだけです。他には何もありません。その前に、お風呂に入って食事でもして落ち着きましょうか？　その様子じゃあ落ち着いて話もできないでしょう。ちょうど僕らもこれから夕飯なんですよ」

そうです。ちょうど食べようと思っていたところなんです。

着替えを貸してあげました。

山本さんはそれほど背が高くなかったので、周平さんのではなく圭吾くんの服がちょうど良かったのです。着替えて、ご飯も一緒に食べました。余程お腹が空いていたのかたくさん食べてくれて、そうしてお風呂にも入ってもらいました。

山本さんはさかんに恐縮していましたが、拠《よ》ん所《どころ》ない事情で困っている人を助けることだって駐在所の職務のひとつです。もしも山本さんが一文無しであれば、最寄りの目的地までの交通費を渡すことだってします。

お茶を出して、ソファに座ってもらい、周平さんがその向かいに座りました。煙草を勧めると、すまないね、と山本さんは箱から一本取り出し、深く吸います。

「改めて、ここの駐在の蓑島です。隣は妻の花。後ろの二人は山の管理をしている坂巻夫妻です。この辺りではいろいろ山で起こりますので、坂巻さんも捜索隊に加わることも多いのです。事情や情報をいつも共有するので、一緒に聞いてもらいます。いいですね？」

山本さん、小さく頷いてから、圭吾くんと早稲ちゃんに向かっても頭を下げました。

「山ん中に入って、バタバタさせちまいました」

「いいんですよ。無事だったんですから」

圭吾くんが優しく言います。

ひとつ、息を吐いて山本さんが続けます。

「死のうと思っていたんだ」

死ぬ。

「自殺、ですか？」

周平さんが確認すると、頷きました。

「死のうとしたほどの何かがあったということですか。山本さん、フルネームと年齢を教えてもらっていいですか？」

「あぁ、山本徹《とおる》、です。三十三歳、です。本籍とかも全部教えた方がいいのかな」

「いえ、そこまではいいですよ。現住所、もしくは直近で住んでいた町でも教えてもらえると話が早いですね」

「蜷川《になが わ》市にいたんだ。そこの鉄工所で働いていた。独身。だから、心配してる人間とかもいないし、連絡しなきゃならないところもない」

黙って、頷きます。

蜷川市ならお隣のお隣ですから、そんなに遠くの人というわけではないですね。同じ県内です。

「ご両親も、蜷川市ですか？」

「いや、いない。俺は孤児でさ。施設で育ったんだ。二人とももう死んでいるよ。親戚とかもたぶんいないんだろう」

そういう境遇の方でしたか。

「そんなのを理由にはしないけど、俺はろくでもない男でさ。唯一の趣味は競馬や競輪のギャンブルでさ。一生懸命働いては、その金で一攫千金狙ったりしていた。本当にどうしようもない奴でさ」

そんなこともないでしょう。一生懸命働いていたのなら、立派なことです。

山本さん、確かにこうして話をするときにはきちんと姿勢を正しています。ご飯を食べたりお風呂に入ったりするときにも、本当に恐縮して迷惑を掛けて申し訳ないと、心の底から言っていました。

それに、あれほど子供のことを心配していたんです。優しい、ちゃんとした人だと思います。

「借金、ですか？」

周平さんが言うと、山本さん、頭をかくんと下げてから、小さく振りました。

「情けねぇ話だ。ヤバいところから借りちまって、それが膨らんでいってにっちもさっちもいかなくなってさ。迷惑掛ける前に鉄工所辞めて逃げ出してさ。何とか日雇いとかしながら逃げ回っていたんだけどさ。もうダメだなって」

諦めたように、笑います。

「こんな人生、もう止めちまった方がいい。強盗とかそんなことやらかしちまう前に死んだ方がいい。そう思って、山ん中で首でも吊ったら誰にも迷惑掛けないだろうって思ってさ」

「それが、山に入っていった理由」

そう、と、頷きます。

「最初は体力もあるから、どの辺がいいかなって歩き回っていたのさ。寝込んで熊とかに襲われるのはちょいと痛そうで嫌だからって夜も起きてた。そうしたらさ、子供がいたんだよ」

「それが、みっちゃん」

「驚いたよ。何でこんなところに子供が！　って。慌てて声を掛けて何してるんだって訊いたら、家を出てきたって言って。びっくりさ。とにかく、何があったかわからんが帰ろうってな。一緒に行ってやるからって山を下りたんだ。こっち、雉子宮だって言うからまぁ知った人間もいないから大丈夫だろうって」

みっちゃんと名乗った子供は、家に行っても誰もいないかもって言ったそうです。お腹も空いたと。

死ぬつもりだった山本さんも食料などは持っていませんから、仕方なくみっちゃんに言われるままに、川で魚を獲ったそうです。

「地元の子だってすぐにわかったよ。何せ詳しかったからな。それで、家に戻ってみたら本当に誰もいなくて」

私も、早稲ちゃんも圭吾くんも、もちろん周平さんも何も言わずに黙って聞いていました。

山本さんが入った家というのは、おそらくは。

「こんな奴だけど、いろいろ話したよ。貧乏で嫌だとか言うから、俺の話もしてやった。こんなろくでもない男にならないために、頑張るんだって。そしたら、おじさんも頑張んなよって逆に励まされてさ」

山本さんが、苦笑いします。その眼が潤んでいます。

「俺に家族はいないけど、同じ施設で育った俺より小さい奴はたくさんいて。そいつらの顔を思い出しちまって、あいつらにお土産とか買って会いに行ってやってねぇなぁとかさ。このみっちゃんも元気になってくれないとなぁって思ったよ」

そんな話をしていたらいつの間にか寝てしまって、気づいたらみっちゃんの姿が消えていたそうです。

「慌てたよ。また山の中に入っていったんじゃないかってな。走って捜し回ったけど見つからない。その内に暗くなっちまって、雨も降り出して、これはもう警察とかに言うしかないと思って山を下りて走っていたら、ここが見えてさ」

駆け込んできたというわけですね。

なるほど、と、周平さんが頷きます。

「良かったですね。子供が無事で」

うん、と、山本さんは微笑んで大きく頷きます。

「よくわかりました。こちらとしては、お話を伺っただけで後は特に今後この件について山本さんに何か確認したりすることはありません。お引き取りくださって結構です。と、なるところですが」

周平さんが、山本さんの眼を覗き込むようにします。

「まだ自殺する気持ちは残っていますか？」

山本さん、唇を歪めました。少し首を捻ります。

「あの子の心配をしているうちにそんなのは吹っ飛んじまったが、さぁ、これからどうなるかなってのが正直なところで」

「ヤクザなところからの借金はどれぐらいあるかは訊きませんけれど、それをどうにかしないことには、またそんな気持ちになっちゃうかもしれませんね」

「まぁ」

苦笑いします。周平さんが、少し首を捻りながら、机の引き出しを開けました。

「警察では、たとえばうっかり財布を落として一文無しになってしまった人に、家に帰るぐらいの交通費程度を融通することはあるんです。そのための予算もあります。実は、ここにもあるんです」

封筒を取り出します。その通りです。まだここに赴任してきてから一度も使ったことはありませんけれど。

「東京までの交通費をお貸ししましょうか」

「東京？」

山本さんが眼を丸くします。

「東京に知り合いなんかいないが」

「警察としては、たとえヤクザなところからだろうと借りた金は金。法外な利子とかその辺の問題はあるにしても、そこをクリアして借りたものはきちんと返して、また真っ当な人生を歩んでください、と言いたいんです」

わかりますよね？　と、周平さんは山本さんを見ます。

「まぁ、そりゃそうだな」

「東京に、探偵の知人がいます」

「探偵？」

「その辺のヤクザな金の問題にも詳しく、弁護士の仲間もいます。彼のところを訪ねてみてください。確か、鉄工所にお勤めだったんですね？」

「そうだが」

「つい半年ほど前に会ったとき、彼は鉄工所にも知り合いがいると言ってました。手紙を書いておきますから、今後のことも相談してみてください。そして、人生をやりなおしてください」

山本さん、口を少し開け眼をぱちくりとさせました。

「いや、そんな」

慌てるようにして、私たちの方も見ます。探偵とは冬にやってきた小野寺さんのことですね。

「どうして、そんなことを俺に。赤の他人なのに」

周平さんが、微笑みます。

「みっちゃんが、あなたを助けたんですよね。あなたはみっちゃんを助けようとして、逆に助けられたようなものでしょう。だから、みっちゃんのために真っ当な暮らしを手に入れて、みっちゃんにお土産でも買って会いに来てはどうでしょうか。私も、そうしてほしいからです」

「みっちゃんに」

山本さんは、小さく呟いて、外を見ました。それから、両手を握り、小さく頷きました。頷きながら、私たちに向かって何度も頭を下げます。

もう雨は止《や》んでいました。

二階の空き部屋に布団を敷きました。

山の中を走り回って捜して相当疲れていたんでしょう。山本さんはぐっすり眠っています。

明日の朝いちばんのバスで、東京に向かってもらうようにしました。周平さんは小野寺さんにも電話して、頼んでいました。

早稲ちゃんも圭吾くんも、それを聞いていました。

「あのさ、周平さん。あの迷子の件って」

「うん」

圭吾くんに、周平さんが頷きました。

「嘘だよ」

嘘。

周平さんは、唇を少しだけ歪め何とも言えない表情を浮かべました。

「山向こうの日置町にそんな迷子の情報なんかなかったよ。念のために近隣のそれぞれの町や市の警察に問い合わせたけれど、どこにも子供が迷子になって戻ってきたっていう事実はなかった」

「え」

「じゃあ」

　圭吾くんと早稲ちゃんが、言いながら口を開けっ放しにして、驚きます。周平さんが、息を吐きました。

「子供が山にいた形跡なんかどこにもないんだ。花さんも確かめたよね。蒲原さんの家の周囲には、大人の足跡しかなかった」

「なかったわ」

「家の中にも、大人の足跡しかなかった。どこをどう探しても子供がいた形跡はない。近隣にも、迷子や行方不明の情報はない。じゃあ、山本さんが山の中で出会った子供は、家出して山の中に入っていたという子供はいったい誰だって話になる」

「子供の影が家から出て山に向かって走っていったっていう話も出たんだよね。昭憲さんが読経したっていう」

「それに、さっきの写真は」

　周平さんが、さっきの子供の写真をまた取り出しました。

「ここに写っているのは、間違いなく道明くんだよ。山で死んでしまった蒲原さんの子供だ」

　それから、もう一枚出してきました。

　また写真です。

セピア色の、古い古い写真。

「蒲原さんがここにいた頃を知っている人たちを訪ね歩いてね、探したんだ。蒲原さんの家族が写っている写真はないかってね。そうしたら、お祭りのときに撮った写真に、蒲原さんたちも一緒に写っているものがあるって、上木《うえき》さんのおじいさんが貸してくれた。見てごらん」

机の上に置いた写真。

「これは」

私も、早稲ちゃんも、圭吾くんも思わず顔を近づけて、何度も何度も見直してしまいました。

「周平さん。この人が、蒲原さんなの？」

「そうらしい。その鉢巻きをして山車の先頭に立っているのが、蒲原さんの、山で死んでしまった道明くんのお父さんだ」

信じられませんでした。

「山本さんに、瓜二《うりふた》つだ」

圭吾くんが言って、早稲ちゃんも頷きます。

「たぶん、並んで比べたら別人だっていうのはわかるだろうけど、こうして見る分には本当にそっくりだ。もちろん、親戚とか血縁関係なんかを調べてみなきゃわからない。ひょっとしたらどこかで繋がっているかもしれないけれど、他人の空似ということもある」

「世の中には自分に似ている人は三人いるって言うわよね」

「そういうことだろうと思う」

「じゃあ、周平さん」

早稲ちゃんが、悲しそうな、辛そうな表情になりました。

「あの山本さんが山で見つけた子供っていうのは、本当に、本当に道明くんだったの？　死んでしまった蒲原さんの子供。その子の魂が、自分のお父さんにそっくりだった山本さんが命を絶つのを救ったっていうことなの？」

眼を閉じ、大きく息を吐いて周平さんは首を横に振ります。

「わからない。僕にはね。でも、事実として、山に子供なんかいなかった。迷子も行方不明の情報もない」

「でも、山本さんは、山にいた子供に救われた」

私が言うと、周平さんは頷きます。

「その二つが、事実だってことだけだ」

周平さんが、写真を見つめ、それから眼を閉じ手を合わせました。私も、早稲ちゃんも、圭吾くんもそうしました。

皆が眼を開け、手を下ろします。

開け放った網戸の窓から、虫の声が聞こえてきます。

「お盆が、来るね」

周平さんが呟くように言いました。

〈私も、人間の魂の存在とか、そういうのはわかりません。医学的には考えられないことです。でも、小さい頃から親に連れられてお墓参りをしていました。死んでしまったひいおじいちゃんやひいおばあちゃん、おじいちゃんたちに手を合わせていました。私たちは元気ですよ、どうぞ安らかにね、そして空の上から私たちを見守ってくださいね、と祈っていました。

祈る心は、医者も持ち合わせています。手術は成功しても、後は患者さんの体力に懸けて祈るしかない、という言葉を言うときもあります。祈りは、人の心のありどころでしょう。

その祈りが、何らかの奇跡を見せることも、あるのかもしれません。誰かの人生を救うこともあるのかもしれません。不思議としか言い様のない出来事でしたけど、ずっと心に残っていくと思います。周平さんも、圭吾くんも、早稲ちゃんも。私にも。〉

# 秋　木曜日の謎は、埋蔵金

〈昭和五十二年十月二十日　木曜日。

医師ですから、生きるということについてとてもよく考えます。生きることは生活することであり、暮らすことであり、それは働いてお金を稼がないといけないことです。少なくとも現代社会においては、生きることは働くことです。

働けないと、暮らしていけないというのは実はとても怖いことです。様々な事情で働けなくなることは、私の身の上にさえ起こったことです。医師として働けなくなったとき、絶望感より何より、どうやって生きていこうか、何をして働いていこうか、と真っ先に考えました。

お金は、大切です。今は世界中がほぼ、大きな意味での資本主義で成り立っているんです。医師でさえ、医は仁術ではなく算術などと言われたりします。でも、お金がないと救えない命だってあるのは事実です。どんなに医師の腕が良くても、最新鋭、最先端の医療機器がないと治せない病も、救えない命もあります。お金が潤沢にあれば研究もより進み、医療機器の精度も上がり、新たな技術も、新薬も開発されるのです。

でも、周平さんの話では、大きな犯罪の裏にはほぼ百パーセント、お金があると言います。お金があるから、犯罪が起こってしまうのです。

そして、とんでもないことも、起こってしまうものなんですね。お金があるというだけで。〉

九月になってすぐに、雉子宮の村長さんこと高田与次郎さんがお亡くなりになりました。自宅で静かに、文字通り眠るように息を引き取ったとのことです。

周平さんと私が雉子宮にやってきてから、初めて出るお葬式になりました。

この辺りでは、特に大きな家を持つところでは、お葬式は自宅で執り行うことがほとんどだそうです。家には黒白の幕を張り、祭壇を拵《こしら》え、読経を行います。そうして、式が済むとそのまま肉親だけで二十キロ離れたところにある火葬場に車で向かいます。

その間、お骨となって戻ってくるまでは、葬儀に訪れた皆でそのまま故人を偲《しの》んで振る舞いが行われます。

そうして、お骨になって戻ってきたら、今度は皆で列を作り静々とお墓まで歩き、納骨をするのです。その昔は皆が白装束《しろしょうぞく》を着て白い幟《のぼり》のようなものを立ててやっていたということでしたが、今はそんなことはなくなってしまい皆が黒の喪服です。風習というのは本当にその地方によって違います。私も周平さんも、こんなふうに、列を作ってお墓まで歩くというのは初めての経験でした。

もっとも、いくら村長さんのお葬式でも、駐在所をずっと空けるわけにはいきません。周平さんは列が歩き出すとすぐに駐在所に戻っていきました。私は、お墓までお供しました。

高田家に残されたのは、長男の剛さんだけです。与次郎さんの従兄妹である加根子さんもずっと一緒に暮らしていたのですが、与次郎さんと同じくご高齢になり、与次郎さんが亡くなる少し前に近くの松宮市に住む妹さんの家に移っていました。

剛さんご自身も、どうやらどこか身体を患っているらしいです。詳しいことは聞けていませんが、以前にもう長くはないと言っていたので心配なのですが。

与次郎さんの娘であり、それぞれに遠くに住む里美さんと貴子さんからも、供花《くげ》と香典は届きましたが二人ともお葬式には来ませんでした。いろいろあったのは聞いていましたから、村の誰もがたぶんそうだろうなとは思っていたようです。

でも、お葬式のすぐ後に、夜に駐在所に電話がありました。

東京で探偵をやっている小野寺さんからでした。

「小野寺から。皆さんによろしくって」

電話を切った周平さんが言います。早稲ちゃんと圭吾くんも頷きます。

冬に、貴子さんに頼まれて亡くなった夫の代役をするために、仕事としてやってきた小野寺さん。周平さんとは昔馴染《むかしなじ》みなんですよね。

小野寺さんは今も東京で貴子さんのすぐ近くに住んでいて、貴子さんの一人息子の薫ちゃんとも仲良くしているそうです。

たぶん、そのまま結婚するのではないかとは思うのですが。

「山本さんもしっかりやっているそうだよ。ヤクザなところからの借金の件も、きちんと返済する条件で片が付いたって」

ついこの間、山に死に場所を求めて入っていった山本さん。鉄工所勤務の経験があるというので、小野寺さんを通じて、貴子さんが働いている鉄工所を紹介したのですよね。幸いにも人手を募集していて、きちんとやっていけているようです。

「よかった」

「それと、里美さんと貴子さんだけどね」

「うん」

「連絡を取り合って、里美さんは既に自分の相続放棄とかは終わらせているそうだ。だから、もう実質的に貴子さんが、剛さんの跡は高田の家と土地を相続するということになる」

そう話していましたよね。法的にきちんとしたということでしょう。

「だったら、小野寺さんが貴子さんと結婚したら、高田のものを引き継ぐことになるんだね。あの土地も山も」

圭吾くんが言います。

「そういうことになるのかな。まぁ結婚するとしてももう少し先になるだろうとは、小野寺も言っていたけど」

「どうして先になるの？　何か問題あるの？」

早稲ちゃんです。

「仕事かな。小野寺の仕事は探偵業でもかなりイレギュラーな感じの仕事が多いからね。そもそもフリーでやっているんだから、家族を持ってしまうとさすがにきついと思う。本当にきちんとしようと思うなら、別に仕事を考えなきゃならないって感じかな」

「そもそも探偵さんって儲《もう》からなそうよねー。小野寺さん他に何か仕事のあてがあるの？」

周平さんが苦笑いします。

「あいつは実は大学を出ているしね」

「あ、そうなのね」

周平さんがニヤリと笑いました。

「どこの大学か知ると驚くよ」

「どこなの？」

「まさかの東大だ」

ええっ、と皆で声を上げてしまいました。東大出で、探偵さんをやっていたんですか。

「だから、その気になれば、堅気《かたぎ》、というと探偵業の皆さんには悪いけど、別のしっかりとした仕事にも就けると思うよ」

それは確かにそうかもしれません。

いつかまた遊びに来るからと言っていましたよね。そのときには本当の夫婦として会えるかもしれません。


十月に入り、秋が深まってきて、山の豊かな緑がどんどん違う色合いに色づいていって、本当に文字通り眼にも鮮やかな景色になっていっています。

私の専門分野ではありませんけれど、人間は自然の中に暮らし、豊かな緑やきれいな水や色鮮やかな動植物たちを見ているだけで、すべての機能が回復したりするそうです。視力が悪くなってしまった人が、山の中で自然とともに暮らしただけで、劇的に視力が回復したという症例もあるとか。

こんなにきれいな景色を毎日眺めていれば、確かに視力も回復してしまうかも、って思ってしまいます。

それに、私は雉子宮で暮らし始めてからどんどん耳も良くなっているんじゃないかって気がしています。始めの頃は、ただの鳥の鳴き声、としか認識できなかった野鳥の声を、どんどん聞き分けられるようになっているんです。

猫たちが、寝相の良すぎる周平さんの布団の上や中にもぐりこんで寝ていることがほとんどになってきました。寝相がいいってことは猫も眠りを妨げられないってことですから、周平さんの布団にやってくるのも自然なことですよね。

ミルには、新しい寝床になる大きなクッションを早稲ちゃんがプレゼントしてくれました。本当に大きなクッションで、背の低い私なら丸まれば何とかすっぽり収まりそうなぐらいの大きさです。気に入ったみたいで、この間は自分でクッションを口でくわえて駐在所まで引っ張っていって、そこで寝ていました。なので、近頃は起きるとクッションを駐在所まで持っていって、寝るときには座敷まで持っていってあげます。ミルもそれを待っていますよ。

「おはよう」

「おはよう早稲ちゃん」

私が起きて台所に立つと、ほとんど同時に早稲ちゃんも二階から下りてきます。

「今日、暖かいね！」

「うん、季節が戻ったみたい」

十月も末に近づいてくると朝起きてすぐにストーブを点けないと身体が冷えてきちゃうのですが、今日は起きたときから、気温が高い！　とわかりました。

「九月ぐらいの気温だよね。わ、二十度もある！」

台所の柱のところに掛けてある温度計を見て、早稲ちゃんが言います。

「それは、高いね」

天気も良いので、今日は夜になるまでストーブを点けなくてもいいかもしれません。

「ミルのおトイレは？」

「さっきしてきた」

クッションはもう駐在所の方に持ってきてあります。散歩はまだだってわかっているので、ミルはそこに寝そべってご飯を待っています。猫たちはまだ周平さんの布団の上ですけど、じきに周平さんも起きてくるので、すぐに台所まで来るはず。

今日の朝ご飯はご飯を炊いて、お味噌汁にはお揚げとネギとほうれん草を入れます。目玉焼きを焼いて、それからソーセージも焼いて一皿に。あとは、納豆と梅干しと、昨日の夜の残りの茄子《なす》の味噌和えとカボチャの煮付け。

「おはよう」

「おはよう」

出来上がる頃に、周平さんと圭吾くんもまだ寝ぼけ顔でやってきます。猫たちがいつの間にか足元にやってきていて、すりすりと寄ってたりして。

犬と猫たちに餌をあげる係は、周平さんと圭吾くん。犬と猫のご飯は別々に作っているんですが、何故かヨネはミルの方のご飯をほしがるんですよね。クロとチビはちゃんと自分のご飯だけを食べます。

ミルは優しいのでヨネにご飯を譲ったりしますが、その代わりにヨネのご飯を食べたりするので、案外どっちでもいいのかもしれません。

ミルたちが食べている間に、人間たちもいただきますをします。

「そういえばね、一週間ぐらい前にさ、山に入ってきた東京の人がいたじゃない」

圭吾くんが目玉焼きの黄身を箸で潰しながら言います。

「東京の人？」

「どこの人？」

早稲ちゃんと同時に言ってしまいました。

そんな話は聞いていないと思いますけど。

「だから東京から来た人。言ってなかった？　背広を着てて、とても山登りの格好はしてなかったって。あれ、周平さんと話したんだっけ？」

「そうなんじゃないかな？　パトロールで山小屋に寄ったときにその話をしたような気がする」

そっか、と、黄身をのせたご飯を口に入れながら圭吾くんが言います。

「いや、来たんだ。背広を着た男の人が三人でさ。車で来て、この辺の山の名前がわかる人はいませんかって」

　山の名前ですか。

「名前は、地図に載っているんじゃないの？」

「いや、載っていない名前ね。小さな山とかには名前のないものや地元での通称しかないものも多いからさ」

「そうなのね？」

　それは知りませんでした。

「え、じゃあ、そこの雨山って名前は？」

　すぐ裏の山の方を指差しました。お行儀が悪いけどお箸を持ったまま。

「それも通称。この辺では大昔からそう呼ばれているだけだよ。どうして雨なんだろうって誰も知らない。地図上の表記で行くと、西沢山系の第六峰ってことになるかな」

　そうだったんですね。二年半暮らしてそういうのは初めて知りました。

「まぁこの辺の山はどれも低いものばかりだから、ほとんどが通称なんだよ。あおい山も黒滝山《くろたきやま》もみかげ山も全部通称。地図には書かれていないんだ。西沢山系の第なん峰って感じ」

「で、その東京の人がどうしたの？　名前を教えてあげたの？」

　早稲ちゃんです。

「あげたよ、うちで作ってる絵地図でね。そしたら、昨日また電話があったんだ。あおい山には持ち主がいるんですかって」

「あおい山」

それは、高田さんの家のところの裏山ですね。

「持ち主は、高田さんよね」

そう、と、圭吾くんが頷きます。

「教えたの？」

「教えたよ。別に秘密でも何でもないし、そんなのは登記簿とか調べればわかる話だからさ。まぁかなりめんどくさいと思うけどね。この辺の山の土地なんかかなりややこしいことになってるから」

そういうものらしいですね。

「そもそもその東京の人は何者？」

早稲ちゃんがお味噌汁を飲んでから言います。

「なんか大学教授らしいよ」

教授ですか。

「山に関係した分野の教授さんなんでしょうかね」

「わからないけどさ。まぁあおい山は正真正銘、高田家の持ち物だってことは昔っからわかってるからそうやって素直に教えたんだけど、周平さんさ」

「うん？」

「警察って、山とかの不動産には関係してこないよね。犯罪でもない限り」

周平さん、ちょっと首を捻ります。

「不動産の犯罪かぁ。まぁ不動産の詐欺とかそういうものはもちろん警察は捜査するけれども、山みたいな大きなものは、今まで扱ったことはないなぁ」

「そもそも周平さんは詐欺事件は扱っていなかったんでしょ？」

「そうだね。その詐欺を巡って凶悪な暴力事件とか殺人事件にでもならない限りは。でも、怪しい気がしたの？　その東京の教授さんとかは」

圭吾くんがちょっと口をすぼめました。

「何かね、そんな気がした。いや詐欺とかそういうんじゃなくてさ、あの山をどうにかしようと思ってるみたいなね」

「そもそもわざわざ見に来ること自体が、何かあるってことよね」

「だと思うんだけどな。なんかイヤだなぁって思ってさ。都会の何かがこの辺に入ってくるっていうのは」

山小屋で働いて、この雉子宮の山というか、自然を愛する圭吾くん。何か感じたんでしょうか。

私も周平さんも、横浜という大きな都会で生まれて育った人間。

こんな豊かな自然の中で暮らすのは初めてですけれど、時が過ぎれば過ぎるほど、こういうものをずっと守ってほしいと思うようになります。

もちろんそれは、自分勝手な言い草ですけれど。

都会のように発展していって、暮らしが便利になるのなら、それはそれでいいことではあると思うんですけれど、変わってしまうことで失われてしまうものが多すぎるような気がしています。

毎日毎日、特に何か起こるわけじゃありません。むしろ、何も起こらないのです。周平さんは駐在署員として村の中のパトロールをしてしまうと、あとはほとんど事務的な用事しか残りません。

それも、村の年中行事の確認とか、市役所から回ってくる行政関係の工事の確認、交通安全などの啓蒙活動の調整などなど。

事件などとはまったく無縁の静かな毎日です。外に出るのは、どこかで誰かが怪我をしたとか、道路で狸や狐が死んでいるとか、そういうものぐらい。

ミルの散歩だって、パトロールを兼ねて、周平さんが自転車で行くこともあるぐらいです。それぐらい、何も起こらないのです。

もちろん、それでいいんです。駐在署員、警察官である周平さんが毎日ただ事務的な仕事ばかりしていて、駐在署員の妻である私も何もすることがなくて、毎日家事と庭仕事ばかりしていて日々が過ぎていくのが、いちばんのことなんです。

「そうなんだけどね」

早稲ちゃんは今日は神社にも行かずに、ずっと駐在所にいます。広くて四人で住んでいてももてあますぐらいの駐在所の掃除や、自分たちで食べる分だけの野菜を育てている庭の仕事なんかを私と二人でやっています。

「なぁに、刺激がない？」

笑います。

「刺激はなくてもいいけれど、もっと便利になってほしいなぁとは思う。買い物だって不便でしょうこの辺は」

「そうだね」

それはもうそういうものなので諦めて、工夫するしかありません。早稲ちゃんがずっと駐在所にいてくれると、お互いに留守番ができるので買い物なども便利なのですよね。一緒に出かけることがあまりできないのは残念ですけど。

本当に暖かい日で、お昼過ぎには初夏じゃないかと思うぐらいの気温になりました。陽射しがたっぷりと入る駐在所の中は暑いぐらいになっていたので、戸を開け放っています。

「うん？」

ちょっと変わった車のエンジン音が聞こえてきて、それが駐在所の前で停まるのがわかって、机で書類仕事をしていた周平さんも、私も早稲ちゃんも顔を上げます。

「康一か」

「そうね」

佐久間の康一さんですね。農作業で使う耕耘機《こううんき》に荷台を付けたもので来たみたいです。実はあの耕耘機、少し改造して道路を走るときにはまるでトラック並みに早く走れるとか言っていましたよね。

白のツナギを着ていますけど、もちろん農作業でくたくたになって汚れています。ポンポンと身体を払いながら入ってきます。

「よう、旦那」

サングラスを外しながら言います。康一さん、周平さんのことはもうずっと旦那、って呼んでいますよね。今日は暑いなと、上がり框のところに座ります。

「麦茶飲みます？　冷たいのがあるから」

「あぁすみませんね」

「何かあったか？」

周平さんも手を休め、煙草に火を点けて言います。

「あ、一本貰える？　ちょうど切らしちまった。いや、俺ちょいと十分ぐらい村長んところにいたんだけどさ」

「高田さんのところ？」

与次郎さんが亡くなっても、まだ高田さんの家のことを皆は村長のところって言います。

「何をしに？」

「その前にさ、町外れの西方《にしかた》さんところに行ってたんだ。借りてたもん返しにあれに積んでさ。そしたら、乗用車が二台ばかり道端に停まっていてさ。なんだか道に迷ってたみたいで、俺を見て走ってきたんだ。雉子宮の高田さんのお宅をご存知《ぞんじ》ありませんかってさ」

ふむ、って感じで周平さん頷きます。私も早稲ちゃんもそうです。

「品川ナンバーだったぜ」

「品川」

東京からですか。

「それって、ひょっとして」

早稲ちゃんです。

「あ？　何か知ってるのか？」

「いや、東京の大学教授がね。何か山のことで高田さんのことを確認していたって話があったんだよ。圭吾くんがそう言っていた」

そうそう、それなんだ、って康一さんが言います。

「じゃあ道案内してやるよって、村長んちまで連れて行ったんだけどな。どうにも気になってさ。その教授なのか、確かにいかにもそれっぽい男もいたんだけど、他に一緒にいた男が気になってさ。テレビ屋っぽかったぜ。腕章していたからな」

「テレビ屋」

「テレビ局の人？」

「で、いったい何だろうって思ってさ。剛さんにトイレ借りるふりして話を聞いていたんだ。出たあとも素知らぬ顔して台所で水を飲んだりしてさ。そうしたら、どうも村長んちの裏の山を掘りたいってさ。埋蔵金があるんじゃないかって話をし出してさ」

「埋蔵金⁈」

どういうことでしょう、それは。

「埋蔵金ってことは、埋められたお金ってことよね？」

「たぶんだけど、大政奉還、つまり徳川の世が終わったときに幕府が隠していたお金のことじゃないかな。有名というかよく話題にのぼるのはそのせい」

周平さんが少し眉を顰《ひそ》めながら言います。

「徳川？　江戸時代ってこと？」

早稲ちゃんが眼をぱちくりさせています。

「俺も長居はできなかったからそれしか聞けなくてさ。そのままここに来たんだ。ほら、村長が死んじまって、その前からあの辺は跡継ぎがどうのこうのって揉《も》めてたばかりじゃないか」

皆が頷きます。康一さんも、詳しい事情は教えていませんけれど、村長さんの娘さん、貴子さんが帰ってきたときにいろいろあったことはわかっていますよね。

「なんか、また揉め事でもあったらめんどくさいだろうから、一応事前に旦那の耳に入れておいた方がいいかなぁってさ」

「そうか。わかった、ありがとう」

まるで、今朝、圭吾くんが心配していたような話が現実になってきたみたいです。

「埋蔵金があの山にあるなんて、どうしてそんなふうに思ったのかな」

早稲ちゃんです。

「たぶんだけど、その大学の教授とかが、趣味なのか学術的なものなのかはわからないけど、その手のものを古文書とかで調べていたんだろうね。そして、何か最近新しい発見があって、その村長さんの家の裏山が埋蔵金を埋めた場所だっていう根拠になるものが出てきたんじゃないかな」

周平さんが言って、なるほど、と、早稲ちゃんも康一さんも頷きます。そうか、と続けて周平さんが頷きました。

「そういう話を聞くと、〈あおい山〉という通称は意味深だね」

「どうして？」

「徳川の御紋《ごもん》は、葵《あおい》の御紋だろう」

あ、そうだ！　と皆で頷きました。

「あれか？　山を掘るのに警察の許可とかはいらないんだよな？」

康一さんが言うと、周平さんも頷きます。

「自分のところの土地を掘ろうが何しようがそれは基本的には自由だと思う。もちろん大掛かりな工事とかになれば関係各所への手続きは必要になって、その中には警察の許可が必要になるものもあるけれど」

「少なくともあの山を掘る分には警察は関係ないな」

「ないだろうね。山の周囲に国道や県道があるわけでもないし、山の中に重要な公共施設や鉄塔とかがあるわけでもないから。ただ」

ただ、と言って少し周平さん考えました。

「確かにテレビ局の人間がいたのか？」

「間違いねぇよ。嘘であんな腕章していたんなら、そりゃあ詐欺だ。旦那の出番だよ」

「本当に発掘作業をするのなら、相当なお金が掛かるんだ。埋蔵金が出るかどうかもわからないのに大学がそんな費用を出すとは思えないから、その費用をテレビ局が持って番組を作るっていうパターンかな」

あぁ、と皆で頷きました。

「そういうのってあるよな」

「だとしたら、テレビ局が使うタレントやアナウンサー、収録とかね。物珍しさで大勢の人間が、といっても雉子宮だから限度があるけれど集まることもある。人が集まれば危険なこともあるので、警察の方で介入することもあるし、テレビ局の方から予《あらかじ》めお願いにくることもあるよ。警備と整理をお願いしたいって」

「それは、ありだな」

横浜にいたときにも、そういうのを見たことがあります。警察官がいるだけで騒動などの抑止力になりますからね。

「その人たちはまだ高田さんのところにいるんですね？」

「いるぜ。あの調子ならしばらくはいるんじゃないか」

だからと言って、話を聞きにいくわけにはいきません。

でも、気になりますね。

「埋蔵金なんて話、今まで聞いたことある？」

早稲ちゃんに訊くと、首をぶるんぶるん横に振りました。

「全然。初めて聞いた。そんな話はどこにもなかったと思うけど。あ、でも、あそこの山は、大昔は立ち入り禁止のところだったけどね」

「立ち入り禁止？」

そうそう、と、康一さんも頷きます。

「俺も覚えてたぜ。小さい頃にあの山にむやみに登っちゃいかんって言われたのをな。まぁそもそも登る道もあそこにはないんだけど」

「それは、どうしてかな？　僕は初めて聞いたけど」

「今はそんなことないからね」

早稲ちゃんが言います。

「登山道がないから誰も行かないけど、神社に残ってる古い記録では、あそこはその昔は雷が落ちることがよくあってね。雷神様の塚があるんだって話が残ってる。それでなんだと思うけど」

「雷神様の塚」

「そんなのが今もあるの？」

その話も初めて聞きました。

「大昔に作ったものがあるって話ね。今もあるのかどうか、そもそも本当にあるのかどうかも私も登ったことないからわからないけど。圭吾くんなら知ってるんじゃないかな。そういう塚があるってこと」

この辺りの山ならすべて熟知している圭吾くんなら知ってそうです。

「戻ってきたら、訊いてみよう」

＊

訊いてみるどころではありませんでした。

夕方になって、晩ご飯の支度をしようかと思っていたときです。早稲ちゃんは神社に行っていて、そろそろ帰ってくるかなと思っていたら、圭吾くんと一緒に戻ってきたのです。急いで帰ってきたらしく、息が少し弾んでいました。

「おかえりなさい」

「早かったね」

周平さんと二人で言います。いつもはもう少し山小屋で仕事をしているはずの圭吾くんです。

「いや、周平さん」

「どうした」

「本当になっちゃったよ。あおい山」

「あおい山」

圭吾くんがパッと手を広げながら言います。

「掘るんだってさ！」

電話があったそうです。東京から来たテレビ局の人からです。康一さんが見かけた教授さんと一緒に来た人ですね。圭吾くん、早稲ちゃんから康一さんの話は全部聞いたそうです。

「たぶん、康一さんがここに報告しに来た後だよ。山小屋に電話があってさ。あおい山の発掘作業に協力してほしい。山に詳しい人間が必要なんだって」

「それは、剛さんが許可したってことで？」

周平さんが聞きます。

「そう、ちゃんと発掘許可書を作ってそれにサインと同意を貰ったって。ついては、僕に現場になる山の案内と現場作業の管理をしてほしいって。剛さんが僕のことを紹介したんだってさ」

「剛さんがか」

「もちろん。発掘なんて信じられなかったけど、仕事としてなら受けるのはやぶさかではないっていうか、受けるけどね。知らないところで勝手にそんなことされて荒らされちゃあ、たまらないからさ」

「そうよね」

　山を知らない人間に動き回られるだけで、山は荒れます。何よりも危険です。事故が起きれば消防団の皆や周平さんだって大変な思いをするのですから。きっと剛さんもその辺を考えて、圭吾くんを紹介したんだと思います。

「お父さんもびっくりしていた」

　早稲ちゃんが言います。

「言ってきたの？」

「伝えた。埋蔵金があるなんて、とんでもない話でしょ？」

「清澄さんは何か言ってた？　あおい山に関して」

　軽く首を横に振ります。

「驚いていた。埋蔵金のまの字も聞いたことないって。雷神様の塚があるって話はもちろん知っていたけれど、お父さんもあそこには登ったことないから、本当にあるかどうかはわからないって」

「そう、塚はあるんですよ」

　圭吾くんです。

「あるんだ」

「雷神様を祀《まつ》ったものかどうかはわからないけど、ほぼ天辺《てっぺん》近くに少し開けたところがあってね。明らかに昔に人の手が入ったところなんだ。そこに、草ばっかりで見た目はわからないけれども、盛り土だったろうってところがあって、大きな石が置いてあった。人の手で置かれたものだろうなって石。それ以外には大きな石なんかないところだったからね」

言い伝えというか、それらしきものは確かにあったということですね。

「でもね、あの山のどこを掘るのかまだ聞いていないけど、大変だよ。そもそも登る道もほとんどないから、重機も入れない」

要するにブルドーザーとかショベルカーとか、工事に使う車ですね。

「じゃあ、手掘りになるってことかしら？」

訊くと、圭吾くんが頷きます。

「最初は道から作らなきゃね。掘る場所が決まっているなら、そこまでの道をまず確保して、それからさ。人手もけっこう必要だよ。どうするんだろうね」

発掘作業の話はあっという間に広まりました。

広まるというか、どう考えても重機の類を入れることはできないので、人海戦術で手掘りをすることになり、発掘の手伝いをしてくれる人を雉子宮で募集したのです。

それは、康一さんが中心になりました。

圭吾くんが、現場の監督を自分がするのなら、作業員の確保と責任者は康一さんに任せてほしいと条件をつけたからです。

「だって、信頼できる人間が中心になってやらないと、本当に一気に荒らされちゃうよ。出るかどうかもわからないものをさ、無闇に掘ったら今度は山崩れなんかの災害を引き起こしかねないから」

その通りだと、周平さんも頷いていました。

康一さんなら圭吾くんとも話がすぐに通じますし、何よりも雉子宮のことを自分の故郷だと大事に思っているからです。

畑の農作業の方はこれから冬に向かって作業としては少なくなっていきますし、どうせ冬の間は別の仕事をすることもあるのですから、今ここで稼いでおけるのはちょうどいいというわけです。

駐在所にも、関係者の方々が挨拶に来ました。

テレビ局の責任者の方は、宮崎《みやざき》プロデューサー。そして東京のM大学の教授だという方は、盛岡《もりおか》教授。

どちらも五十代の、恰幅《かっぷく》のいいお二人でわりと雰囲気が似ていました。違うのは、宮崎プロデューサーはラフな格好をしていて、盛岡教授はカチッとしたスーツ姿。

「カメラが入ると言っても、たとえば有名なタレントが来たりとかそういうのはありません。ただカメラマンと照明、音声スタッフが入りずっと撮り続けるという地味な作業です。お手を煩わせることはないと思いますので」

宮崎プロデューサーは、真剣な表情でそう言っていました。真面目なドキュメンタリー番組になるそうです。

盛岡教授も、さすが教授という感じで、真面目に資料を広げて、いかにこの〈あおい山埋蔵金説〉が有力なものであるかを力説してくれました。

私たちには読めないような古文書のコピーがいっぱいあってもちろん読めなかったのですが、話を聞く分には、しごく真っ当な推論の道筋と解釈でそうなったようには思えました。

あくまでも、その古文書が本物であり、かつ、真実を伝えているのなら、ですけれど。

周平さんも、突拍子もない理屈の話ではないようだ、と、納得はしていたみたいです。

「かなり長期になりますよね。カメラマンやスタッフの皆さんの食事や宿泊はどうするんですか？」

周平さんが訊きました。

「そうなんですよ。何せここには何もなくて困っていたんですが」

宮崎プロデューサーが言います。

「幸い、高田さんが家を使っていいとおっしゃってくださって」

スタッフの宿泊は、高田さんの家になったそうです。

どうせ一人しかいないので部屋は余ってるから好きに使っていいと、剛さんが許可したそうです。

「助かりました。食事も自分たちの材料さえ持ってくれれば好きに台所を使って作っていいと。もちろん私たちの方ですべて管理して、きちんとさせてもらいます」

それは良かったですね。

「ただですね」

宮崎プロデューサー、ちょっと顔を顰めました。

「いや、駐在さんにこんなお話をするのもなんですが、高田さんとはもちろん面識がおありですよね？」

「もちろんです。村の人間なんですからよく知っています」

「高田さん、ついこの間お父さんを亡くしたそうで、そしてご自身もお身体の具合が悪いようなのですが、ご存知ですか？」

「そうみたいですね。私たちも詳しくは聞かされてはいないんですが、かなり悪いようです」

やはりそうでしたか、と、宮崎プロデューサーが唸ります。

「打ち合わせをしているときも、相当にお加減が悪そうなときがありましたのでね。他にご家族はいらっしゃらないんですか?」

「妹さんがいるのですが、遠くにお嫁に行ってましてね。疎遠になっているんです。ですから、本当に剛さん一人きりなんですよ」

なるほど、と宮崎さん頷きます。

「わかりました。では、うちの泊まり込むスタッフたちに、高田さんのご様子にも気をつけて見ているように言っておきます」

「それは、私たちとしても非常に助かります」

誰か一緒にいてくれる人がいればいいんだけど、と話していたこともあったんですけれど、思わぬ形でそうなってしまいましたね。

圭吾くんは、山小屋の仕事は一緒にやっている叔父の富田さんに任せて、〈あおい山発掘〉の方にずっと張り付くようになりました。

人数としては、テレビ局と教授関係が全部で八人、そして作業をする雉子宮や周辺の手伝いの人が十二人。総勢二十人もの大所帯です。

見物に来る人も多かったようですけど、何せ藪《やぶ》を切り開いて道を作るところからです。誰かが、特に子供たちなんかが近づいて怪我したりしても大変なので、立ち入り厳禁にしていました。

「昭憲さんが来てさ。さすがに駄目とは言えなかった」

　作業が始まって二日目の夜。晩ご飯のときに圭吾くんが言います。今日の晩ご飯は炊き込みご飯に、豚汁。茄子の煮浸しと肉ジャガです。豚汁と肉ジャガで材料が被っているのは、たくさんじゃがいもをいただいたからです。

「そりゃあ、気になるでしょう。自分のところの檀家の山なんだからね」

　早稲ちゃんです。

「お父さんも本当に掘るのかってまだずっと言ってる。止めさせることはできないのかって」

「止めさせたいの?」

「雷神様を怒らせたら拙いって」

　そうそう、って圭吾くんも頷きました。

「昭憲さんも、剛さんのところに寄って随分話していたらしいよ。今からでもいいから許可を取り消した方がいいんじゃないかって。ただの山ならまだしも、そういう言い伝えのあるような山を荒らすのはよくないって」

「昭憲さんも知っていたのかな?　塚があるって」

「知ってた。まぁあの人はこの辺りの生き字引だから」

「そうよね」

村のほとんどが檀家である長瀬寺の住職さん。

「いろいろ古い記録も全部お寺には残されているんだものね」

「そう。だからかなり反対しているみたいだね。でも、山の持ち主は剛さんだからね」

いくら住職さんや神主さんでも、法律で認められた土地の権利をどうこうはできません。

気持ちはわかりますけど。

「埋蔵金って、見つかったらその権利はどうなるの？」

早稲ちゃんが訊きます。

「詳しくは調べていないけど、少なくともそれが本物の、つまり徳川家のものだってことが証明されたのなら、まずは全部国のものになるはずだよ」

「そうなの？」

「そうだよ」

圭吾くんも頷きます。

「要は山の中にあった遺失物、落とし物と同じだからさ。そうだよね？」

「そうだね。本物と認められたら国のものになるし、もし誰のものともわからなかったら、あとは遺失物と同じような扱いかな」

「落とし物かぁ。でっかい落とし物ね。じゃあ、どっちにしても見つけた人には何パーセントかお金が入ってくるって感じね」

「大ざっぱに言えばそうなるね。でも、本物の徳川の埋蔵金となれば、現在の価値では何億円にもなるはずだから、けっこうな金額が発見者に入ることになる」

「それが、問題を引き起こしたりするのよね」

言うと、周平さんも大きく頷きます。

「犯罪の陰には常にお金の問題があるんだよ」

そうだよね、と皆が頷きます。お金はないと困りますが、ありすぎても困ります。もっとも、ありすぎるなんてことになったことがないので、そこのところはわからないですけど。

「まぁとにかく僕は事故のないように、後々誰かが苦しんだりすることがないように、山を見守りながら作業するよ」

「そうだね」

発掘自体は、決して悪いことをしているわけではないのですから。

ようやく最初の発掘地点を特定して、人が歩ける道ができたと圭吾くんが言ってきた日の夕方です。

駐在所の電話が鳴り、私が取りました。

「はい、雉子宮駐在所です」

（すみません、発掘チームの杉本《すぎもと》と申しますが、駐在の蓑島さんは）

発掘チームの方。

「今パトロールに出ていまして、もう間もなく戻ると思いますが、現場で何かありましたか？」

（いえ、現場ではなく、高田さんが倒れたんです。それで、急遽《きゅうきょ》病院に車で運んだんですが）

「高田さんがですか」

田平町の町立病院まで運んだそうです。

（駐在の蓑島さんと奥さんを呼んでほしいと言っているんです。話があるからと。私はいったんそちらに戻りますけれど）

「わかりました。すぐに伝えます」

電話を切ったときにちょうどジープで帰ってきた周平さんに伝えます。

「入院？」

「そう、家の寝室で倒れているところを、返事のないのを不審に思った撮影スタッフの方が見つけたんですって。それでね、周平さんと私に来てほしいって言ってるんだって」

「僕たちに？」

何故なのかはわかりませんけれど。

「わかった」

「早稲ちゃんに留守番を頼むわね」

「そうしよう」

神社に行ってる早稲ちゃんに電話をします。すぐに来てくれるそうです。

「何の話かしら」

周平さんが、首を少し捻りましたが、少し悲しそうな表情をします。

「わからないけれど、たぶん最期に何か僕たちに伝えたいことがあるんだろうな」

最期。

そうなのかもしれません。


「埋蔵金なんか、そんなもんあるちゃ信じちゃあ、いなかったけどな」

田平町の病院。三階の病室に、一人高田さんは寝かされていました。周平さんと私が駆けつけると、そう言いました。

「そうなんですか？」

ベッドの脇の丸椅子に座り、私たちは話を聞きます。

「でもな、もしそんなものがあんなら、冥土のいい土産になると思ったさ。でな、家を継いでくれる貴子と、そいで、あの男、探偵さんか？　あの二人結婚すんだろ？」

頭を少しだけ動かし、周平さんを見て剛さんは微笑みました。

「おそらくですけれど、そうなると思っています」

だろう、と、顎を少し動かします。

「じゃあよ、二人の結婚のお祝いにな。見つかっても見つからんでも発掘料ってんで、けっこうな金を払うってテレビ局が言うからさ。ちょうどいいだろってな。あの家、継いで守っていくんも金は掛かるんだしな」

「そうですか」

固定資産税や、家の保持などにはもちろんお金が掛かります。そのことを考えていたんですか剛さん。

「悪いけどさ蓑島さんよ。花さんな、あん二人にそう言っといてくれ。蓑島さん、探偵さんの友達だろ？」

「はい」

「遺言だぁ。他になんもねぇ。借金とかもねっから安心しろって。そんで、家に戻ってこんでもいいけど、俺が死んだら、気候のいいときなんか子供連れて遊びに来いってさ。雉子宮は、子供が遊ぶんに、いいとこだからよ」

「わかりました。確かに、伝えます」

頼むわ、と言って、剛さんは静かに眼を閉じました。

剛さんが息を引き取られたのは、私たちが話を聞いた二日後でした。ほんの一ヶ月ほどの間に、高田家は主を二人とも失ってしまったのです。

それでも、お葬式を挟んで、発掘するための作業は続いていきました。道を作り、発掘地点の草木を刈り、発掘の拠点にテントを張り、ようやく穴を掘り始めたのです。

*

しばらく雨が降らずに、発掘作業にとってはよい日が続いていましたが昨日は少し雨が降り、休止になっていました。

今朝も曇りでしたが、天気予報では雨は降らないようです。また発掘作業が続いていくのでしょう。

周平さんがパトロールに出る準備をしていましたが、長靴を履いていこうとしています。

「山に入るの？」

「昨日少し雨が降ったからね。雨が降った後の状況を一応確かめておこうと思って。もう圭吾くんも康一も入ってるだろうし」

「何かあったら困るものね」

　穴を掘るのですから、雨が降れば当然そこに雨水が溜《た》まります。圭吾くんが言っていましたが、怖いのは大雨が降ってそこから地盤が緩むことだと。幸いというのは変ですが、あおい山の下には高田さんの家と畑しかないですから、仮に発掘現場から地滑りや山崩れが発生しても、他の家に被害が及ぶことはそうはないだろうということですけれど。

「気をつけてね」

「うん」

　周平さんが行ってきますと言ったときです。

　遠くから、ものすごいエンジンを吹かす音が響いてきました。

「何だ？」

　ものすごいスピードで走ってくる車が見えました。けたたましいブレーキの音もして、その車が駐在所の前にタイヤを鳴らして停まります。

　康一さんの車です。何事かあったのに違いないので、康一さんが車から降りてくる前に、周平さんも私も駐在所から飛び出るように外に出ました。ミルも騒いで出てきました。

「旦那！」

「どうした！」

「とんでもねぇものが出た！」

　康一さんの顔が歪みます。

「しゃれこうべだ！」

「しゃれこうべ？」

それは。

「頭蓋骨《ずがいこつ》？　人間の？」

「そうなんだ。発掘現場に行って、今日の作業を始めようと思ったときに、土から出ているのを見つけたんだ」

周平さんと顔を見合わせてしまいました。

発掘現場に、人間の頭蓋骨。

「どれぐらい掘ったところだ？」

「深さは、おおよそ三メートルか」

「三メートル」

考えるように周平さんが言います。

「昨日、作業を終わらせたときには見えなかった。その後雨が降って少し緩んで見えてきたのかもしれねぇ」

「とにかく見に行こう。現場の保存は？」

「大丈夫だ。圭吾に任せてある。誰も何にもいじるなって。俺以外はまだ穴に下りてねぇ」

「よし、花さんも行こう。骨の方は、専門じゃないだろうけど」

「うん」

でも、医者ですから多少の知識はあります。

「早稲ちゃんごめんね。お願い」

「大丈夫」

まだ家にいた早稲ちゃんに留守番を頼みます。


発掘現場に初めて入りました。

山の道は人がすれ違える程度にはしっかりと草を刈って作られていましたけれど、整備はされていません。長靴じゃないととても無理です。しばらく登って行くと、木々が急になくなって開けたところに出て、家型のテントが一つ張ってあり、そこが発掘現場でした。

作業を手伝っている農家の人たちが数人、それに、何人か見知らぬ方がいるのできっとテレビ局とかの人でしょう。

穴はまだそれほど大きくはありませんでした。広さにすると、畳を三枚縦に並べたほどでしょうか。そして下りやすいように段々になっています。

「周平さん」

圭吾くんが待っていました。

「あれです」

穴の中を、圭吾くんが指差します。確かに、頭骨らしきものの前頭部の辺りでしょう。土の中からのぞいています。

「見つけたときのままだね？」

「間違いない。俺が見つけたんだからな」

「誰も触っていないです」

「よし」

周平さんが下りていきます。私も、周平さんの手を借りて穴の底に下りました。周平さんがカメラで周囲の様子を撮っています。

「ちょっと待ってね。現場の様子を全部撮るから」

「うん」

確かに深さは三メートル、いえ三メートルもないかもしれません。二メートルと少し。それぐらいのところに骨があります。

微妙です。

遺跡や遺構の発掘現場で人骨が出ることはあります。その時代に亡くなった人か、あるいはお墓として埋められたか。もしくは大昔に事故か何かで亡くなってしまって、そのまま骨となり、その上に土が覆いかぶさるというものです。

これは、どうなのでしょうか。

二メートルぐらいの穴ならば、今こうやって人力で掘っているのですから、仮に事件だとして、埋めた穴とも言えます。大昔にここで人が事故で亡くなって、その上にこんなにも土が覆いかぶさるにはどれぐらいの時間が掛かるのでしょう。わかりません。

「よし」

周平さんが写真を撮り終えて、頭骨に近づきます。じっと見ています。

「花さん、どうかな。間違いなく人骨かな」

私も顔を近づけます。

「人骨ね。人の頭蓋骨。本物じゃなかったら、よほど精巧な模型だと思う」

「成人かな？」

「そうね。今見えてる部分だけで判断するなら、成人の大きさだと思う」

「よし、掘り起こしてみよう。康一、手伝ってくれるか」

「あいよ」

「寝そべっているとして、この頭からこっちを慎重に掘ろう。骨を壊さないように」

「わかった」

横が狭い場所です。周平さんと康一さん二人で同時に掘り始めると、それだけでもう誰も入ってこられません。他の人たちは皆、上から見守っています。

小さなシャベルで、頭骨から下の方、つまり身体の骨があるであろうところを掘り進めるうちに、周平さんの表情が曇ってきました。

「これは」

「旦那、こりゃあ、ないな」

「ないの？」

「うん」

身体の骨が、出てこないのです。少なくとも頭骨のすぐ近くには、他の骨が一切ありません。

大きなスコップで、ざっくりと康一さんが掘りました。

「ないな」

「頭だけってこと？」

「そのようだね」

掘り出した頭蓋骨から、周平さんが慎重に土を払います。そして、またじっくりと見ています。引っ繰り返したり、曇りですけれど空に向かって光を当ててみたり。

何かに納得したように小さく頷きました。

「花さん、見て」

軍手をはずして、直《じか》に手に取りました。間違いなく、本物の人間の頭蓋骨です。手触りからしてもそうです。男性か女性かはわからないけれど、大きさからすると女性っぽい気もする」

「やっぱり成人ね。
それ以上は、この場では私にはわかりません。

「どれぐらい古いものかも、専門家じゃないとわからないね」

「そうね。新しいもの、つまりここ数年の間に骨になったものではないとは思うけれども、それも断言はできないわ」

こういうとき、少し悔しくなります。もちろん専門ではないのでしょうがないのですけれど。

「数年ではないだろうね。もしも、この深さに埋まっていたのなら。そうだよね、圭吾くん。ここ数年の間に掘ったとかはないよね？」

上から見ていた圭吾くんに訊きます。

「もちろんないよ。ここは完全に野っ原だった。しっかりと草が生えていたし、掘り起こした跡なんかはまったくなかった。それは僕が断言できるし、発掘過程は写真でも押さえている」

「土の様子を見てもそう言えるね」

盛岡教授です。

「数年の単位で掘り起こして埋め直したのなら、こうはならない。確実に何十年何百年の単位でずっと埋まっていたものだよ」

うん、と、周平さんが頷きます。

「何はともあれ、申し訳ないが発掘作業は一旦停止です。この頭蓋骨がどれぐらい古いものなのかが判明しないと、続けられるかどうかの判断ができません。つまり」

上から見下ろしている皆に向かって言いました。

「事件なのか、事故なのか、あるいは単純に学術的にも貴重な大昔の人の遺骨なのか。それをこちらで調べて判断してからになります。ここも一時封鎖します。誰も入ってこられないようにしますので」

盛岡教授が、溜息をつきました。

「致し方ないね。なに、発掘現場ではたまにあることだし、おそらく間違いなく事件ではないよ。仮に事故だとしても、警察の手の届かない百年単位の大昔だね」

周平さんも、小さく頷きました。

「僕もそうだとは思いますが、やはり調べてからでないと結論は出せません。康一、圭吾くん、すまないけど、頭骨のあった周辺を細かく調べて、他に何か遺留物、要するに人間に関するもの、指輪とか服の切れ端とかそういうものが埋まっていなかったかどうか調べてくれないか」

「わかった」

「それと、この頭骨を入れるものはないかな？　できればしっかりしている箱とかあるといいんだけど」

「あ、山小屋にあります。取ってきますよ」

「頼む」

もう持っていくんですね。

どこか警察関係のところでしょうか。

「本部に連絡して、鑑識さんとか呼ばなくていいの？　こっちで調べちゃって」

もう康一さんが調べていますけど、あれは明らかに鑑識さんのする仕事です。一般の人にさせるものではありません。周平さんに小声で言うと、小さく頷きました。

「大丈夫だよ」

その眼に何か確信のようなものがあるのが、わかりました。周平さん、何か私のわからないものに気づいたんでしょうか。

圭吾くんが立派な木の箱を持ってきてくれて、それに、風呂敷に包んだ頭骨を入れました。その間に康一さんと周平さんが頭骨の周囲をくまなく探しましたが、遺留物のようなものは何ひとつ見つかりませんでした。

「じゃあ、これは持っていくから。ロープを張って立ち入り禁止の看板も付けておいて」

「わかった」

「それと、康一」

「おう」

周平さんがちょいと康一さんを呼んで、ひそひそと話します。

「万が一だが、これで発掘が中止になる可能性もある。そうなったときに、手伝った人への報酬はきちんとされるように、向こうとの交渉をきちんとな。圭吾くんと一緒に」

康一さん、大きく頷きます。

「任せとけ。っていうか、やっぱり中止になるか？」

「可能性としてね」

後は圭吾くんと康一さんに任せて、二人でジープに乗り込みました。

「周平さん」

「うん」

「その頭骨、どこへ持っていくの？　どう考えても本部に連絡しないで周平さんが持っていくのは、普通じゃないわよね」

これでも警察官の妻です。必要ないろいろな手順は学んでいるつもりです。周平さんが、小さく頷きました。

「花さん、その頭骨、風呂敷解《ほど》いてもう一度見てみて」

「え？」

箱は私が抱えています。

「見るの？」

「うん」

風呂敷を解きました。

「下の顎の付近。よっく見て。何かを消した跡があるから」

「消した？」

見ます。顎の骨の辺り。

「あ」

確かに、何かうっすらと跡があります。文字か何か。

「数字だ」

数字のように見えます。8とか、7とか、確かにそれを消したような跡。

「周平さん、これって」

「それは、たぶん学校の持ち物だ。雉子宮小学校の」

小学校？

「学校の理科室にあるよね。人骨模型、人体骨格模型って正式には言うのかな？　それが」

「小学校にあるのね？」

そういえば私は小学校の中を詳しく見たことがありません。周平さんはパトロールも兼ねて中を全部見てまわったことがありますけど。

「あるんだ。間違いなくあるのを僕は見た」

「でも、それは模型よね。これは本物よ」

まだ確定はできませんけれど、どう見ても触っても本物の人骨です。

「もしも模型なら、これを造った人は天才だと思うんだけど」

周平さんは少し笑みを見せました。

「聞いたことはないかな。以前に、横浜の学校でも見たことあるんだ。学校に置かれていた人骨模型が、実は、本物の人骨だったたっていうものを」

本物の。

そういえば。

「あったわ。どういう経緯でそうなったのかはわからないけど、間違いなく本物の人骨標本が学校に模型として置かれていたって」

「僕が知ってるその横浜のは、戦前にどこかの医大から寄贈されていたものだった。そしてね、小学校の人骨模型もね。ちゃんと木箱に収められているものだったんだ。その木箱にはラベルが貼ってあってね、昭和二年に何とか研究所寄贈とあったよ。医学関係の研究所なんだろうね」

「じゃあ、本物ってこと？」

「真骨、となっていたよ。そんな言葉があるのかどうか知らないけれど、真の骨なんだから本物なんでしょうかね、って校長先生と話した。まぁ校長先生も全然知らないので、どうなんでしょうねって笑っていたけど、僕は本物だと思った。実際の骨を触った経験は君より少ないけど」

「私もそんなにはないんだけど」

でも、間違いなくこれは本物。

「小学校にあった頭骨があそこに埋められたってことなの？」

「そういうことになると思う。骨に数字が書かれているのも僕は見た。何の数字かはわからないけどね」

「誰が？　どうしてそんなことを——」

「理由は何となく想像はつくんだけど、それを、確かめに行こうと思う」

「どこへ行くの」

「昭憲さんのところ」

長瀬寺へ？

昭憲さんはお寺にいましたけれど、お客様がいたみたいで、周平さんと私は本堂の方で待っていました。

「どうして、昭憲さんなの。確信があるの？」

「ない。でも、たぶん合っていると思う」

周平さんの刑事としての勘なんでしょう。横浜だけでなく、東京やあちこちの警察署で、横浜に優秀な刑事がいると噂が広まったほどの人です。

「やれ、どうもどうも」

廊下の向こうから、袈裟を着たままの昭憲さんが歩いてきました。

「お待たせしたね」

「いいえ」

「花さんもね。二人で来たちゅうことは駐在所には」

「早稲ちゃんが、留守番しています」

そうかそうか、と頷きながら、昭憲さんが私たちの正面に座りました。

「さて、お二人揃って何のご用件ですかな」

「まず、これを」

周平さんが自分の前に置いておいた箱から風呂敷包みを出して、解きます。中からは頭蓋骨。

昭憲さん、見ても驚かず、小さく頷いてからそれを手に取り、本尊の方へ向けました。

「まずは、読経させてもらいますかな」

私たちに背を向け、手を合わせ、お経を小さな声で唱え始めます。私たちも手を合わせました。

ほんの一分ほど読経して、昭憲さんは頭蓋骨を私たちの方へ持ってきて置きました。

「どこの誰かもわかりませんがな」

「そうなんでしょうね。この頭蓋骨を持ち出して、発掘現場に埋めてきたのは昭憲さんですね？」

昭憲さん、少しも騒がず慌てず、ゆっくりと頷きました。

「まぁ、わかっちまうかなと思っていたが、さすが蓑島さんだな。いつわかった？」

「最初からですよ。頭蓋骨が埋まっているのを見たときに、あ、これは違うなって思いました。不自然だったんですよ。だから、誰かが頭蓋骨を持ってきて埋めたんだろうなって思いました」

「そういうものか。有り様が不自然だったか？」

「人が手を加えると、そう感じます。床に倒れた死体であっても、誰かがその姿勢を直したのなら、それはすぐにわかります。誰かが死体を動かしたな、と。不自然さは隠せません」

　いやぁ、と、昭憲さんが首を横に振りました。

「そんなのがわかるのはそうはいないだろう」

「それに、顎の下ですよ。数字が書いてあったのを消しましたね？　ここまで古いとどんなにきれいに消しても、汚れまで一緒に落ちてしまって不自然になります。数字も少し見えていましたね」

「ま、それはな。これで気づくかとは思っていたが」

「だから、本部にも何も報告しないで、すぐにここに持ってきたんです」

　昭憲さんは唇を少し歪めました。

「しかし、なんだ、職務規定違反っていうのか？　本当なら懲戒もんだろうその行動は。まだ何にもわかってないのにそんなことしちゃあ拙くないか？」

「そうでもないですよ。子供の悪戯《いたずら》とするなら、僕の裁量で済ませられる範囲です」

「子供の悪戯？」

「そうです。何せその頭蓋骨は小学校にあったんですからね。小学校の子供の誰かがとんでもない悪戯をしたみたいだってことで、報告は済ませられます。犯人はわからないし、子供のやったことだろうから捜査もしない。出所がわかっていて被害は何もなく、学校側も何もしないってことで終了と」

「そんなものか」

「そんなものです。校長先生の方から朝礼か何かできつく言ってもらいますからと。それで済ませます。駐在署員の裁量というのは、皆さんが考えているよりけっこう大きいんです。地域の特殊事情というのもふんだんに考慮されます。特に今回は埋蔵金の発掘現場なんていうかなり特殊な状況です。地元を荒らされることをよく思わなかった子供たちの純粋の気持ちの表れとでもしますよ」

「なるほどね」

感心したように昭憲さんは首を横に振りました。私も思わず感心してしまいました。そんなふうに、考えていくんですね。

「しかし、現実には違います。子供の悪戯じゃありません。被害とかはないですけれど、何故そんなことをしたのかがわからないと、終わらせることはできません」

「どうして、か」

「そうです。求めたものはわかります。発掘を中止させたかったんですよね？　昭憲さんは剛さんにかなりそれを求めていたと聞きました。でも、できなかった。しかも剛さんは亡くなってしまった。それで、最終的な手段としてこんなことをしたんだと思います。大騒ぎになって警察が介入してくれれば中止になるだろうとね。でも、何故そんなことをしてまで発掘を中止させたかったかがわからないんです」

ふぅ、と、昭憲さんが息を大きく吐きました。

「あそこに、塚があるのは聞いたかね」

「聞きました。雷神様を祀った塚だとか」

「これを知っているのは、ここでは住職たる私一人。神主の清澄も知らないな。もちろん、校長もな」

「そういえば、小学校から持ち出すときに、校長先生には言ったんですか？」

「言ってないよ。勝手知ったる学校だ。ちょいと顔出して、帰るときにひょいと持ってきただけ。そこんところもよろしくな」

わかりました、と、周平さんは頷きます。

「あの塚の話をしないと、収まらんだろうが、そうなると蓑島さんも花さんも、それを知ることになる。墓場まで持って行ってもらう秘密が増えることになるが、よろしいか？」

周平さんが私を見るので、頷きます。元より、警察官の妻になったときから人に言えないことが増えていくだろうことは承知の上です。

「姥捨《うばす》て山、という話は聞いたことあるかな？」

姥捨て山。

周平さんが少し眼を大きくさせました。私もです。

「あります。民間伝承というか、昔話として、ですが」

「私も昔話としてしか知らないが、現実には大昔の日本であったとしても不思議ではないと思う」

「あったんですか」

周平さんが静かに訊きました。昭憲さんも、静かに頷きます。

「少し、待ってくれ」

立ち上がった昭憲さんが、本堂の奥へ入っていきました。そして、棚から何か木箱を持ってきました。

「これはな、代々の住職が残していった村の記録だ。人別帳《にんべつちょう》などもある。まぁ昔の戸籍だな。そこに、この村でどんなことがあったのか、事件から日常の記録から何から何まで残ってる。もちろん、私も残している。ま、さすがに今は戸籍なんかは残さないがな」

「そうですか」

「飢饉《ききん》のあったときだな。江戸の最後の方か。記録にしっかり残ってる。口減らしのために、あのあおい山に年寄りやら病の者やら、生きていけん者を捨ててきたとな。そのまま死んでもらうために。そうして、少し経ってから骨になったもんを埋めて塚にしたとな」

周平さんが、顔を顰めました。

「現実にあったんだよ。そういうことがな。ちゃあんと記録に残ってる。そうして、あの山は誰も入ってはならない山になった。雷神様なんていう嘘の伝説も残してな」

「それでは、あそこの塚を掘ると」

訊くと、昭憲さんは頷きました。

「人骨が、山ほど出てくるな。しかも、記録には、どこの誰が捨てられたかもしっかり残ってる。あのまま掘っていったらたくさんの人骨が見つかる。いったい何の人骨だと調査が入れば、当然ここの記録も公開せねばならん。そうなったら、今もこの雉子宮や、あちこちに住む子孫たちが、本人たちには何の関係もないのに、責められたりするかもしれん。それは、避けねばならない。何のために死んでいったのかと、口減らしされた者たちも浮かばれない。この地の檀家を預かる身としては、どうしても中止にしたかった」

「それは、剛さんには言わなかったのですか？」

「言えんよ蓑島さん。剛は、高田の家の者。口減らしの音頭を取ったのは、その昔のここの村長、庄屋たる高田の家だ。病に苦しんでるものをさらに苦しめるような真似《まね》はできんだろ」

昭憲さんが、しっかりと私と周平さんを見据えます。

「それが、理由だよ蓑島さん」

息を吐いて、肩を落としました。

「骨を見つけさせて、本部とやらも動いて警察沙汰になって、まぁ仮にこの頭蓋骨を調べても身元なんかわからないからな。とはいえ、間違いなく現代の身元不明の人骨が見つかったとなれば、そのまま発掘中止に追い込めるかと思ったんだが、これじゃあ無理だったか」

また息を吐き、首を横に振りました。

「いや、昭憲さん」

周平さんが、昭憲さんを呼びます。まっすぐに、昭憲さんを見ています。

「そういうことであれば、可能ですよ」

「可能？」

「そういう理由で、発掘中止にしたいのであれば、方法がひとつだけあります」

＊

頭蓋骨が見つかってから、三日経ちました。

東京から小野寺さんがやってきて、今夜はうちに泊まっていきます。貴子さんと薫ちゃんは、来ていません。

久しぶりですし、わざわざ来てもらったので、晩ご飯を食べながらお酒もつけました。

もちろん周平さんは一杯だけにしますけれど。

「すまなかったな。急がせて」

周平さんが言うと、小野寺さんは軽く手を振ります。

「いいさ。今までいろいろ頼んでばかりだったからな。たまにあんたの頼みを聞いておかなきゃならん」

「でも、スゴイよね。それで籍入れてすぐに来ちゃうなんて」

小野寺さん、苦笑しました。

「いや、いいきっかけになったと感謝してる。こんなことでもなきゃ、ずるずると結婚を引き延ばしていたかもしれんから」

そう、小野寺さんは貴子さんと籍を入れたんです。そうして、高田家の跡取りである貴子さんの夫として、貴子さんの代理としてやってきたんです。

全部、周平さんからの頼みで。

発掘の中止を伝えるために。新たな高田家の跡取りとして、発掘許可は出さないと、貴子さんの手紙を持ってきたのです。もちろん、貴子さんが本当に跡取りであることは、周平さんも、清澄さんも、そして昭憲さんも保証しました。

でも、本当の理由。

あの塚のことは貴子さんには言っていません。小野寺さんにだけ、周平さんは伝えました。ここにいる早稲ちゃんも圭吾くんも知りません。

その理由を教えなくても、貴子さんはあの山を無闇矢鱈《むやみやたら》に掘ることは許可できないと言いました。剛さんの遺言はありがたく思うけれども、と。

「まぁでも、塚でしょ?」

圭吾くんが言います。

「わかるか」

周平さんが言うと、圭吾くんも早稲ちゃんも頷きました。

「何となくね。あの塚をいじっちゃいけないってことでしょう。それは、わかるよ」

「私も。お父さんも言ってたもの。何があるか知らないが、とにかくあの山と塚はそのままにしておかなきゃならないって」

「そういうことだね」

貴子さんは、また日を改めて小野寺さんと薫ちゃんと一緒に来ると言っていました。今度は、純粋に故郷への里帰りとして。

そうして、あの家をどうやってこのままにしておくかは、ゆっくり考えると。

〈いつか、きちんと供養をしようと、昭憲さんは言いました。それは自分の代になるか次の代になるかはわかりませんが、高田の家を継いだ貴子さんや夫になった小野寺さんと話し合い、塚を掘り起こし、きちんとした墓を建てようと。

次代の人がまた苦しんだりしないようにするのが、今を生きる自分たちの役割ではないかとも言っていました。

また、情熱を持って純粋な気持ちで埋蔵金を探していたのを、こちらの都合で蹴ってしまった皆さんへの謝罪のためにも、と。

その通りだと思います。薫ちゃんだって、大きくなって、お母さんの故郷であることを自分の住むところと思うかもしれません。そうなったときに、憂いが何ひとつないようにしてあげたいものです。〉

# エピローグ

一週間ほど掛かって、あおい山に掘った穴は元通りに埋め直されました。でも、造った道はせっかくだからと、圭吾くんが木材を使って階段などを作ったりして、遊歩道にすることにしました。

もちろん、持ち主である貴子さんに了承を取ってのことです。

塚が本当にあることがわかったのですから、きちんとそこにお参りに行けるように、また、景色がいいですから、そこに登っていって展望台のようにして、皆が過ごせるようにするのがいいのではないかと話がまとまったからです。

そして、人がいなくなった高田家ですが、これも貴子さんから頼まれて、圭吾くんと早稲ちゃんが定期的に掃除をしたり手入れをしたりする管理を頼まれました。

「圭吾くん、忙しいよね」

いつものように、四人揃って晩ご飯を食べながら話をしていました。

「そうなんだよね」

山の仕事だってたくさんあります。もちろん、それはきちんとやりながら、ログハウス造りなんかもあります。

「思うんだけどね」

圭吾くんが言います。

「都会のものが入ってきたりして変わるのはイヤだなぁって言ったけどさ。実際、このままならここはどんどん寂れていってしまうこともあるんだよね」

「そうだね」

周平さんが頷きます。

「今はまだ、田舎とはいえ人もたくさんいるし、子供たちもたくさんいるけれど、若い人たちがここに残っていかないと、そのうちにどんどん過疎化していく。実際、そういうところは今はどんどん増えているからね」

そういう話はあちこちで聞きます。

「だからさ、たとえば高田さんのところだって、貴子さんと小野寺さんが来てくれれば、また子供が増えるわけ。でも、そのためには仕事が必要なんだよね」

「そうね」

早稲ちゃんも頷きます。

「農家だけじゃ食べていけない人だって大勢いるわけだから。わざわざ農家をしに来る人もいるけれど、きついわよね」

「だから、会社を作ろうかなって」

「会社？」

そう、と、圭吾くんが頷きます。

「山の会社。山の資源を有効活用する会社。ログハウスを造って売るだけじゃなくて、もっと山の資源を開発して、商品を作って、それを売って行く会社。山っていうけど、それだけじゃなくて、この雉子宮のすべてを使って、活用していって商売になっていく会社。そうすれば、社員を増やせる。儲かれば、人がどんどん増える」

「人が増えれば、他の商売も増えていくわね」

「そうなんだ」

「でも、山の資源の有効活用って？　具体的には木材しか思いつかないけれど」

早稲ちゃんです。

「木材で作れるものはまだまだ無限大にあると思うんだ。単純に言えば、今ここで僕たちが使っている食器は全部作れる」

「そうね」

「他にも、山に来るのは登山やハイキングだけじゃない。他にも山の楽しみ方はある。キャンプとかね」

「自然公園ね」

言うと、そう！　と圭吾くんが頷きました。

「観光資源というものが、ここには山ほどあると思うんだ。でも、それを活用しようとする人は誰もいない」

「観光か」

周平さんも、そう言って、うん、と頷きます。

「観光は、こういう田舎を活性化させる起爆剤にはなるよね。単純な話、人が来るようになれば、飲食店ができる。宿泊施設もできる。そうするとそこで働く人も増える。皆の仕事ができて、経済が回るようになるんだ。農家をやっている人たちも、飲食店が増えればそこに卸《おろ》すこともできるしね」

「そうね！」

嬉しそうに早稲ちゃんも言います。

「観光客が来れば、うちの神社も潤うわ」

「まずは、しっかり考えて、やってみることだね」

周平さんが言います。

「圭吾くんたちには最強の武器があるから」

「武器？」

「武器？」

何のことかわからずに皆で繰り返しちゃいました。周平さんが頷きます。

「たとえどんなに失敗しても、雨風を凌《しの》げるところ、寝るところには困らないっていう武器だよ。ログハウスもあるし山小屋もあるし神社もあるし」

「駐在所もあるわね」

笑いました。

まだ私も全然若いつもりですけど、若い人にはどんなに失敗しても、時間という武器もあります。

それに、何よりも未来への希望という素晴らしいものがあるんですから。

何でもやってみることですよね。

『君と歩いた青春　駐在日記』二〇二一年六月　中央公論新社刊

中公文庫

君《きみ》と歩《ある》いた青春《せいしゅん》
——駐在日記《ちゅうざいにっき》

2023年7月25日　初版発行

著　者　小路《しょうじ》 幸也《ゆきや》

発行者　安部 順一

発行所　中央公論新社
〒100-8152　東京都千代田区大手町1-7-1
電話　販売 03-5299-1730　編集 03-5299-1890
URL https://www.chuko.co.jp/

DTP　嵐下英治
印　刷　三晃印刷
製　本　小泉製本


Published by CHUOKORON-SHINSHA, INC.
Printed in Japan　ISBN978-4-12-207393-7 C1193

各書目の下段の数字はISBNコードです。978 - 4 - 12が省略してあります。

# 中公文庫既刊より

し-53-2
駐在日記
小路幸也
昭和五十年。雉子宮駐在所に赴任した元刑事・周平と、元医者・花の若夫婦。平和なはずの田舎町で巻き起こるのは、日誌に書けないワケあり事件!?
206833-9

し-53-3
あの日に帰りたい 駐在日記
小路幸也
昭和五十一年。周平と花夫婦の駐在所暮らしはのんびり平和とはいかないようで!? 優しさとほんの少しの厳しさで謎を解く、連作短編シリーズ第二弾。
207068-4

あ-100-1
崖っぷち芸人、会社を救う
安藤祐介
おもろいは、正義だ! 吉祥寺のスーパーで働くお笑い芸人たちが実業団を結成。会社乗っ取りの危機に立ち向かう……? 『夢は捨てたと言わないで』を改題。
207349-4

し-39-1
リビング
重松清
ぼくたち夫婦は引っ越し運が悪い……四季折々に紡がれる連作短篇を縦糸に、いとおしい日常を横糸に、カラフルに織り上げた12の物語。〈解説〉吉田伸子
204271-1

し-39-2
ステップ
重松清
結婚三年目、突然の妻の死。娘と二人、僕は一歩ずつ、前に進む——娘・美紀の初登園から小学校卒業まで。「のこされた人たち」の日々のくらしと成長の物語。
205614-5

し-39-3
空より高く
重松清
廃校になる高校の最後の生徒たる「僕」の平凡な省エネ生活は、熱血中年教師の赴任によって一変した——きっと何か始めたくなる、まっすぐな青春賛歌。
206164-4

や-61-2
あたしとママのファイトな日常
山本幸久
人間関係、職場の不満、将来への不安。全部まとめて打っべし、打っべし! 「好き」という気持ちが世界を変える、母と娘のハートウォーミングストーリー。
207312-8